Stefan Wolf

# Die Nacht am schwarzen Grab

Pelikan

ISBN 3-8144-1109-9

Gesamtleitung und Textredaktion:
Egon Fein, f-press, München
Umschlag-Gestaltung und Text-Illustration:
Reiner Stolte, München
Graphische Gestaltung: Heinrich Gorissen, München
Druck und Bindung: Clausen & Bosse, Leck
Schrift: 10/12 Punkt Palatino
Printed in Germany
Auflage 12 11 10 9 8 7 6 5 4 3

# Inhalt:

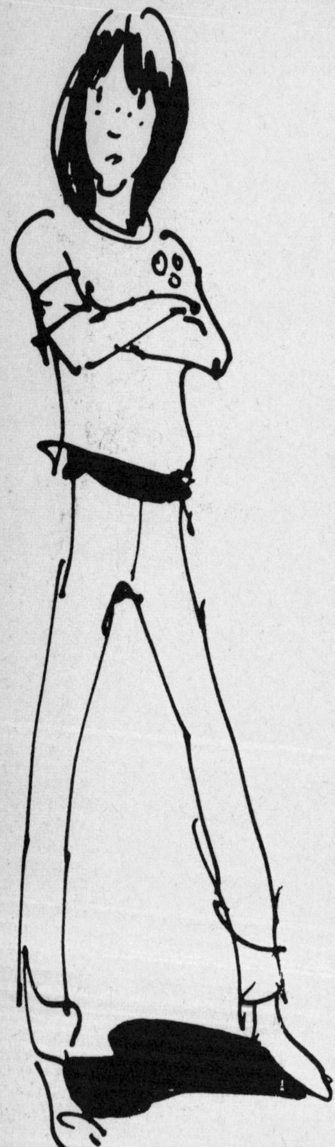

LOCKE
hat diesen Spitznamen, weil sie *keine* Locken hat. Oder besser gesagt: nur ganz, ganz wenige, und das auch erst seit vier Jahren. Dabei war es ihr sehnlichster Wunsch als Kind gewesen, den Kopf voller Locken zu haben. Nina Rehm, wie Locke wirklich heißt, ist noch nicht ganz 15 Jahre alt, geht in die 9. Klasse des Gymnasiums und kurvt mit Vorliebe auf ihrem Mofa durch die Gegend. Wenn's das Wetter zuläßt, trägt sie dabei einen wagenradgroßen Strohhut. Weiterer Steckbrief: Groß, schlank mit langen Beinen, langes, kastanienbraunes Haar, nußbraune Haut, schmales Gesicht mit dunklen Augen und einem schön geschwungenen Mund. Locke ist ein „Temperamentsbolzen", sie hat mehr Unternehmungsgeist als zehn Jungens. Eine typische „Macherin", aber trotzdem durch und durch weiblich. Sie will immer und überall helfen – Menschen und Tieren. Locke lebt mit ihrem Vater Gunter und Bruder Mike zusammen. Ihre Mutter – eine Französin – wurde nach kurzer Ehe geschieden. Sie wohnt heute in Paris.

TOM
wird nur so genannt, weil er sich über seinen echten Namen grün und blau ärgert. Er heißt nämlich Engelbert, mit Nachnamen Conradi, nach einem Großvater von Mutters Seite so benannt. Aber Tom paßt nun mal besser zu einem athletisch gebauten, großen Jungen, der auch noch perfekt in Karate ist, der waffenlosen japanischen Kampfkunst. Er geht in die 10. Klasse desselben Gymnasiums wie Locke. Alle mögen den blonden Jungen. Und das nicht nur wegen seines offenen, sympathischen Gesichts, sondern weil er – genau wie Locke – ein echter hilfsbereiter Kumpel ist, immer zur Stelle, wenn's um eine gute Tat geht. Er drängt sich selbst nie vor, sondern läßt sich zumeist – und das nur zu gern – von Lockes Unternehmungsgeist mitreißen. Denn er und Locke – naja, die sind nun mal unzertrennlich. Noch ein unverwechselbares Kennzeichen hat der knapp 16-jährige: ein tiefblaues und ein grünes Auge. Tom lebt bei seiner Mutter Helga, einer Tierärztin. Seinen Vater hat er schon vor Jahren verloren.

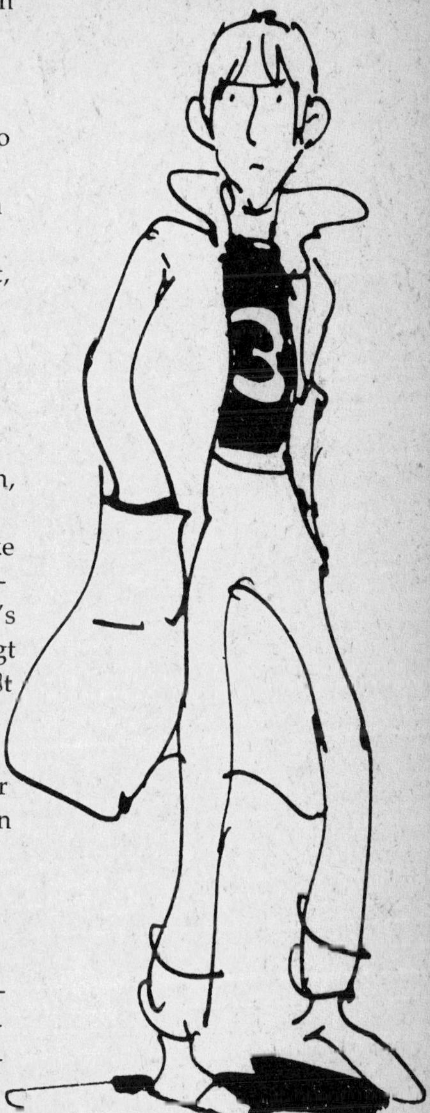

GUNTER REHM
ist Lockes Vater, 44 Jahre alt und Lokalredakteur bei der größten Tageszeitung seiner Heimatstadt, einer ansehnlichen Großstadt, im übrigen, mit Straßenbahn, vielen Buslinien, mehreren Autobahn-Zubringern und einem Bundesliga-Verein. Der großgewachsene, etwas hagere Journalist deckt mit Vorliebe Mißstände auf und gilt deshalb bei allen, die keine reine Weste haben, als unbequem. Er kennt das Geschehen in der Stadt ganz genau, weil er es täglich hautnah erlebt. Gunter Rehm hat ein prima Verhältnis zu seinen Kindern Locke und Mike, malt in seiner Freizeit gern Porträts und spielt Tennis wie ein Meister. Seine liebste Partnerin: Dr. Helga Conradi. Aber das nicht nur auf dem Tennisplatz. Madeleine, seine einstige Frau, Lockes und Mikes Mutter, ist nach kurzer Ehe in ihre Heimat Frankreich zurückgekehrt. Sie hatten ganz einfach zu jung geheiratet, ohne sich so richtig gekannt und zueinander gepaßt zu haben. Als sie dies einsahen, trennten sie sich, aber sie waren einander deshalb nicht gram. Madeleine, die eher ein unabhängiges Leben bevorzugte, überließ die Kinder ihrem Mann.

MIKE
könnte die Mädchen reihenweise um den Finger wickeln, wenn er wollte, und tatsächlich hat der Sonnyboy auch mehr als eine Freundin. Er heißt Michael Rehm, ist 19, Lockes großer Bruder, und er geht in die Abiturklasse. Nebenher schreibt er als freier Mitarbeiter für die lokale Tageszeitung. Vater Gunter Rehm ist sein großes Vorbild. Hobby: Fußball spielen, und zwar als Libero beim FC Eintracht. Der gutaussehende, breitschultrige Frauentyp Mike hat die braunen Haare und grünen Augen seiner fast schon vergessenen französischen Mutter. Mit Charme und spitzbübischem Lächeln kann er jeden Gegner entwaffnen, aber auch durch mitunter erstaunliche Beharrlichkeit (manche behaupten freilich, Mike habe einen Dickschädel) zur Verzweiflung bringen. Mike ist alt genug, um zu verstehen, daß weder Vater noch Mutter am Scheitern ihrer ebenso kurzen wie unüberlegten Ehe schuld waren.

DR. HELGA CONRADI

ist Toms Mutter, von Beruf Tierärztin – bei ihren vierbeinigen Patienten und deren Frauchen beliebt, von den Herrchen bewundert und verehrt. Ist auch kein Wunder, denn Helga sieht mit ihren 42 Jahren höchstens wie eine Dreißigerin aus: Blaue Augen, lange goldblonde Haare, schmales, ebenmäßiges Gesicht. Wirklich eine sehr attraktive Frau, und dazu auch noch überaus sportlich, was ihre schlanke Figur bestätigt. Beim Tennis gewinnt sie ab und zu sogar gegen Gunter Rehm einen Satz. Ihr Mann ist an einem heimtückischen Leiden gestorben, als Helga noch keine 30 war. Tom kann sich kaum an seinen Vater erinnern. Der Dritte in ihrer Familie ist der treue Nicki, eine ebenso lustige wie wachsame Mischung aus Boxer und Wolfshund.

OMA

wird Elisabeth Rehm von allen genannt. Sie ist 72 Jahre alt, Gunter Rehms Mutter, und sie lebt allein in einem hübschen, verwinkelten Häuschen im Grünen, mit einem großen Garten und geradezu riesenhaften Sonnenblumen. Birkenrode heißt Omas Wohnort. Er liegt ein bißchen außerhalb der Stadt, aber nah genug, damit es für Locke und Tom zu häufigen Besuchen reicht. Und darauf freut Oma Rehm sich natürlich. Nicht nur, weil sie ihre Enkelin und deren Freund gern mag, sondern natürlich auch ein wenig deshalb, weil die beiden jungen Leute ihr stets helfend beistehen. Ihr Mann, ein Lehrer, ist vor zwei Jahren gestorben. Jetzt ist „Frau Holle" die Gesellschafterin der liebenswerten weißhaarigen Dame, eine ebenso betagte Katzenmutter, die Elisabeth Rehms alte Tage getreulich teilt.

Stefan Wolf

Locke und Tom greifen ein

Hundejäger töten leise
Terror durch den heißen Draht
Giftalarm am Rosenweg
Die Fußball-Oma darf nicht sterben
Flammen um Mitternacht
Überfall nach Ladenschluß
Der Mann mit den tausend Gesichtern
Aufruhr in der Unterwelt
Die Nacht am schwarzen Grab
Der Feind aus dem Dunkeln
Die Bande des Schreckens

# 1. Schreck in der Abendstunde

Wie friedlich! dachte Locke. Sie meinte den Freitagabend, der soeben angebrochen war. Irre friedlich! Ob's so bleibt?

Sie saß auf der Couch, hatte die Beine unter sich gezogen und ein Buch auf den Knien.

Durch die offene Terrassentür drang Sommerschwüle herein, als wollte sie mal sehen, was die Rehms trieben.

Gunter hatte sich in seinen Lieblingssessel zurückgezogen und war auch jetzt noch im Dienst, blätterte nämlich Zeitungen durch: Konkurrenz-Blätter.

Schmunzelnd stellte er fest: Das TAGBLATT, wo er als leitender Redakteur arbeitete, war den andern um mindestens eine Nasenlänge voraus. Und das nicht nur beim heutigen Bericht über den tödlichen Unfall der Köhlers.

Gunter grunzte zufrieden.

Mike kam herein, grinste sein Schwesterchen an, schaufelte eine Handvoll Erdnüsse aus der Schale auf dem Tisch und zog wieder ab.

Sie hörte, wie er die Treppe hinauf hinkte. Er hinkte nicht schon wieder, sondern immer noch.

Die Prellung vom letzten Spiel gegen den FC Was-weißich, einen abstiegsgefährdeten Verein rüder Fußball-Fanatiker, war diesmal besonders hartnäckig.

„Will er noch weg?" brach Gunter die Stille.

„Nö. Er müsse fürs Abi arbeiten, sagt er. Wahrscheinlich träumt er von seinen Sahneschnitten *(hübschen Mädchen)*."

„Und wovon träumst du?"

„Davon, daß diese Ferien nie aufhören. Obwohl ich die Schule als solche nicht ablehne."

„Übrigens – Sahneschnitten", murmelte Gunter. „Vergiß nicht, daß uns Helga für morgen nachmittag zum Kaffee eingeladen hat."

„Hat mir Tom schon gesagt. Und was mir Spaß macht, vergesse ich ja nie. Du! Ich glaube, Mücken kommen rein."

Sie lächelte ihren Papi an. In Worten hieß das: Würdest du, bitte, die Terrassentür schließen. Immerhin bin ich eine junge Dame und darf Fürsorge erwarten.

Die Haustürklingel schrillte in das Mückengeschwader.

„Es hat geklingelt", stellte Gunter fest. „Sieh mal nach."

Bei Helga ginge er selbst, dachte Locke. Ich muß meine Männer besser erziehen. Zuviel Nachsicht bekommt ihnen nicht.

Als sie im Flur war, rief Mike von oben.

„Prinzessin! Es hat geklingelt."

„Es hat geklingelt. Es hat geklingelt. Wenn's für dich ist, schicke ich die Supermutter wieder weg."

Sie öffnete.

Draußen stand keine Supermutter, keine Sahneschnitte, keine Tussi, sondern die nette Frau Woretzki: Paula Woretzki. Locke kannte sie und ihren Sohn Toni.

Paula war eine fesche Enddreißigerin und arbeitete beim TAGBLATT in der Anzeigen-Abteilung. Gunter hatte ihr die Stellung verschafft, nachdem ihn Locke um Hilfe für Paula gebeten hatte. Sie und Sohn Toni waren nämlich nicht auf Rosen gebettet und hatten schwere Zeiten hinter sich. Als Locke von der Notlage der Woretzskis erfuhr, spornte sie ihren Papi zu tätiger Hilfe an. Das war erstens ihre Art. Zweitens fühlte sie sich Toni, ihrem gleichaltrigen Klassenkameraden auf Lebenszeit verpflichtet. Hatte der doch ihre weiße Maus Helena, genannt Mausi, vor dem sicheren Tod bewahrt.

„'n Abend, Locke!"

Paulas Stimme zitterte. Ihr Sommerkleid raschelte. Das lag an der Aufregung, von der sie mindestens zwei Portionen zuviel hatte.

„Guten Abend, Frau Woretzki! Bitte, kommen Sie rein. Ist Toni auch . . . Nein!" Sie sah, daß sonst niemand im dunklen Vorgarten stand.

„Ist . . . ist dein Vater da, Locke?"

„Ist er. Er vertreibt gerade die Mücken, glaube ich. Aber das hat ja nun Zeit."

Sie schloß die Tür, während Paula am Henkel ihrer Handtasche rupfte.

Da ist doch was los! dachte Locke. Terz *(Streit)* bei Woretzkis? So ist Toni nicht. Also Terror von außerhalb? Wußte ich's doch, daß der Abend nicht friedlich bleibt.

Im Terrassenzimmer fegte Gunter seine Zeitungen beiseite und begrüßte Paula. Sie kannten sich lange genug, um die Vornamen zu gebrauchen, siezten sich aber.

Auch Mike hinkte herein. Zum einen, weil er Nachschub an Erdnüssen brauchte, zum andern wegen seiner Neugier.

Wer am heiligen Freitagabend unangemeldet ins Haus flatterte – und Paula flatterte wirklich –, hatte bestimmt einen saustarken Grund. Den durfte Mike nicht verpassen.

Gunters Geste schnitt Paulas Entschuldigungssprüche ab wie ein Messer.

Locke stellte fest, daß die Terrassentür immer noch offen stand. Aber die Mücken hatten nur eine Runde gedreht und waren wieder in den Garten enteilt.

Mike hatte den Sessel genommen, der den Erdnüssen am nächsten war.

„Ich . . . weiß nicht, wo ich beginnen soll, Gunter." Paulas Blick flehte ihn an, als müsse sie um Vergebung bitten. „Es ist so ungeheuerlich, daß ich nicht länger schweigen kann. Wegen Toni. Den ganzen Tag habe ich mit mir gerungen. Und jetzt . . . jetzt . . . nach dem Anruf spitzt es sich zu."

„Nur Ruhe!" sagte Gunter. „Trinken wir erstmal ein Glas Wein?"

Aber Paula wollte nicht, und Locke wäre bestimmt nicht in den Keller gegangen, falls man ihr diese Kellermeister-Aufgabe angetragen hätte.

Gespannt blickten die Rehms ihre Besucherin an.

Paula schlug den Blick nieder. Scham rötete ihre Wangen

noch stärker. Außerdem schienen die Tränen locker zu sitzen.

Dann hob sie den Kopf.

„Egal!" sagte sie in Richtung der Erdnüsse. „Auf mich kommt's nicht mehr an. Ich nehme alle Folgen auf mich. Es geht nur noch um Toni. Was ihm zusteht, soll er erhalten."

„Es wäre hilfreich", sagte Gunter, „wenn Sie etwas genauer erklären könnten, worum es geht, liebe Paula."

„Es geht", nickte sie, „um die Köhlers und ihr Erbe."

„Ach!"

Gunters Stimme knallte geradezu. Außerdem spannte er sich wie ein Turnierbogen beim Weltmeisterschuß.

„Ich weiß", flüsterte Paula, „wer Markus Köhler ist."

Köhler? dachte Locke. Wer, zum Geier, ist das? Papi pfeift sich die Mitteilung rein wie Blattspinat. Scheint ja ein affenstarker Vorgang zu sein, aber nur für Eingeweihte. Auch Mike glotzt, als gäbe es ab morgen keine Mädchen mehr auf der Welt. Er hat Null-Ahnung. Wie ich.

„Papi", sagte sie. „Den Namen Köhler habe ich schon mal gehört. Außerdem füllt er im Telefonbuch ganze Spalten. Aber um welchen besonderen Köhler dreht es sich hier? Ich frage, damit Mike und ich nicht dabei hocken wie die Blöden."

„Lest ihr keine Zeitung?" Gunter runzelte die Stirn.

„Sonst ja. Weißt du doch. Heute nein. Es standen ja doch nur saure Gurken drin."

„Sie meint den Mangel an Sensationen während der Saure-Gurken-Zeit *(wo nichts los ist)*", erklärte Mike. „Auch ich bin nicht auf dem neuesten Stand. Das Tagblatt wollte ich mir als Nachtlektüre zu Gemüte führen."

„Und das sind meine Kinder", murmelte Gunter. „Kurz: Die Köhlers waren ein millionenschweres Fabrikanten-Ehepaar, hier aus der Stadt. Vor 13 Jahren wurde ihr einziges Kind, das Baby Markus, von Kidnappern – unbekannten – entführt. Telefonisch wurde Lösegeld gefordert. Aber nur einmal. Dann hörte man nie wieder etwas. Weder von den Verbrechern. Noch von dem Baby. Die Polizei nimmt an, daß Markus nicht mehr lebt. Die Köhlers wollten das nicht wahrhaben und klammerten sich an jeden Hoffnungsstrahl. Aber alle vermeintlichen Spuren erwiesen sich als falsch. Die Köhlers verkauften ihre Betriebe und zogen sich ins Privatleben zurück. Das Vermögen wird auf mehrere Millionen geschätzt. Vorgestern verunglückten beide in Zentral-Afrika tödlich. Die Privatmaschine, die sie für eine Safari *(Gesellschaftsreise zum Jagen oder Fotografieren)* gechartert *(gemietet)* hatten, stürzte ab."

„Traurig", sagte Locke.

„Sehr", nickte Mike.

„Es geht noch weiter", sagte Gunter. „Im Köhlerschen Testament ist nämlich verfügt, daß Markus – sollte er je wieder auftauchen und seine Identität *(Personengleichheit = daß er's ist)* zweifelsfrei erwiesen sein – Alleinerbe wird."

Locke pfiff durch ihre Rosenblätterlippen.

Mike spuckte versehentlich eine Erdnuß aus wie einen Kirschkern. Sie hüpfte über die Tischplatte, und alle sahen ihr nach.

„Steht das alles im heutigen Tagblatt, Vater?"

„Ja."

„Donnerwetter! Das muß ja sämtliche Halunken auf den Plan rufen, die einen 13jährigen Jungen ungeklärter Herkunft vorweisen können und . . ."

Er stockte. Drang doch jetzt in sein Bewußtsein, was Paula zuletzt gesagt hatte.

„Das bezieht sich natürlich nicht auf Sie, Frau Woretzki."

Gunter hatte sich Paulas Behauptung aufgehoben wie etwas, das man in Ruhe genießt.

„Sie sagen, Paula, Sie wissen, wer Markus Köhler ist?"

Zwei Tränen kullerten aus ihren Augen. Die Schultern fielen fast von ihr ab. Das Kleid erbebte unter einem krampfhaften Atemzug.

Ich... war damals eine Art Kidnapper.

„Ich", flüsterte sie, „war damals einer der . . . der Kidnapper."

In der Stille hörte Locke eine Mücke. Sie surrte an der Lampe vorbei und verschwand im Zwielicht unter der holzgetäfelten Decke.

Ich glaub', mich streift ein Bus! dachte Locke. Was hat Paula gesagt? Ist sie ausgerastet – oder nur zu ganz normalen Späßen aufgelegt?

„Sind Sie sich darüber im klaren, Paula", Gunters Stimme klang ruhig, „was dieses Geständnis bedeutet? Schwierigkeiten werden auf Sie zukommen."

„Ich weiß. Aber ich denke nicht an mich. Ich denke nur noch an Toni."

„Heißt das . . . "

Sie nickte: „Es ist Toni."

Ich kann's nicht glauben! Lockes Blicke hingen an der Frau wie vollreife Herzkirschen. Die nette Frau Woretzki eine . . . Nein! Und Toni heißt Markus und kriegt jetzt Millionen. Wäre ja ein Jammer, wenn das Geld seinen Charakter verdirbt. Wo er doch als Mausi-Retter eine Medaille verdient hätte!

Paula schnüffelte und benutzte ihr Taschentuch.

„Ich war damals erst 24 und richtig blöd. Ich komme aus . . . einer üblen Familie, müssen Sie wissen, Gunter. Mein Vater war vorbestraft, meine Mutter hat sich nie um mich gekümmert. Gekümmert hat sich damals nur einer um mich. Dessen Braut wurde ich dann. Aber Alfons Schäwig ist ein ganz mieser Macker. Ein Ganove! Kein großer, nur knappes Mittelmaß. Er stahl, betrog, brach ein. Das Kidnapping war sein einziger großer Coup."

„Ja", sagte Gunter, als sie schwieg. „Weiter!"

„Es war noch einer beteiligt: Karl Seitz. Ein gefährlicher Typ. Die beiden entführten Markus. Meine Beteiligung bestand darin, daß ich mich um das Baby kümmerte, damit es gesund bleibt. Aber ich wußte, daß es sich um ein entführtes

Kind handelt. Ich war Mitwisserin. Eine Million wollten die beiden von den Köhlers erpressen."

Atemlos lauschten die Zuhörer. Lockes Glutaugen loderten. Spannung sträubte Gunters Schnauzbart. Mike malmte Erdnüsse zwischen den Backenzähnen.

„Ich betreute den Kleinen", fuhr Paula fort. „Er war süß. Am liebsten hätte ich ihn behalten. Kinderschwester – das war ja mein Berufswunsch. Aber das ließ sich nicht mehr verwirklichen. Ich hatte damals selbst ein Baby gehabt. Es war an einer Kinderkrankheit gestorben. All meine Liebe übertrug ich nun auf Markus. Und dann schlug der Hammer bei uns ein. Und wie!"

Sie atmete tief. „Könnte ich jetzt vielleicht doch – einen Cognac haben?"

Mike sauste zur Hausbar, als hätte er Hornissen im Hemd. So schnell hatte er noch nie drei Cognac eingegossen – für Gunter und sich gleich mit. Locke duldete keinen Alkohol auf ihrer Zunge, sondern lediglich Milch. Aber es war jetzt nicht der richtige Moment, sich einen Halbliter Eutersaft reinzuziehen.

„Alfons Schäwig wurde verhaftet", setzte Paula den Bericht fort. „Wegen anderer Untaten. Er war vorbestraft. Es kam eine Latte zusammen. Acht Jahre war er weg vom Fenster. Zur gleichen Zeit kam die Polizei dem Seitz auf die Spur. Wegen eines Banküberfalls, glaube ich. Jedenfalls war's was Schlimmes. Aber ihn haben sie nicht erwischt. Er türmte ins Ausland. Ich meine, er hatte Verbindung angeknüpft zu einer großen Verbrecherorganisation. Jedenfalls blieb weder ihm noch Schäwig Gelegenheit, das Kidnapping durchzuziehen. Über Nacht waren beide weg. Ich stand allein da mit Markus. Und dabei blieb es. Verpfiffen hat mich Schäwig nicht. Ich fiel auch nie auf. Ich war die Frau Woretzki mit ihrem Sohn Toni. Ich zog ihn groß. An Liebe hat es ihm nie gemangelt."

„Weiß Toni, wer er ist?" fragte Gunter.

Sie schüttelte den Kopf. „Er hat keine Ahnung. Auch jetzt nicht. Ich habe den Mut nicht gefunden, ihm das zu sagen."

Gunter lehnte sich zurück.

„Ich glaube Ihnen, Paula. Es haut mich zwar aus den Socken. Aber als Journalist weiß ich: Möglich ist so ungefähr alles. Ich bezweifle allerdings, daß andere Ihnen glauben werden. Wie Mike ganz richtig bemerkte – mancher kriminelle Typ könnte jetzt auf die Idee kommen, sich das Millionen-Erbe unter den Nagel zu reißen."

„Zwischen Ihnen, Frau Woretzki", sagte Locke, „und Toni besteht jedenfalls keine Ähnlichkeit. Sie beide sehen wirklich aus wie Adoptivsohn *(angenommener Sohn)* und Pflegemutter."

„Das allein ist doch kein Beweis", sagte Mike.

„Habe ich das behauptet?" schnappte Locke. „Ich habe lediglich ein Indiz *(Hinweis)* angeführt."

„Beweise!" nickte Gunter. „Auf die kommt es jetzt an. Medizinische Untersuchungen scheiden aus. Weil die Eltern verbrannt sind. Sonst ließe sich aufgrund modernster Methoden mit 99prozentiger Sicherheit feststellen, ob Toni tatsächlich Markus, nämlich der Köhlersche Sohn ist. Wir brauchen andere Beweise."

Er sah Paula an.

Sie verstand die Frage in seinem Blick.

„Als Markus entführt wurde", sagte sie, „hatte er cremefarbene Babywäsche an. In Höschen und Hemdchen war sein Monogramm eingestickt: M.K. Außerdem trug er ein Goldkettchen am linken Fußgelenk – mit einem winzigen goldenen Herz als Anhäger. Auch das hatte die Initialen *(Anfangsbuchstaben)* M.K. sowie sein Geburtsdatum, den 2. März des Jahres. Diese Sachen habe ich aufgehoben. Der Kinderwagen, in dem Markus entführt wurde, hat nicht überlebt. Der war mir zu auffällig. Ich habe ihn zerstört und auf eine Müllhalde geworfen."

Gunter atmete hörbar.

„Großartig, Paula! Damit ist viel geholfen. Diese Beweise sind . . ."

„Aber ich habe sie nicht mehr", fiel sie ihm schluchzend ins Wort.

„Waaas?" Gunter schob die Brauen zusammen.

„Das ist es ja, weswegen ich völlig fertig bin", schluchzte sie. „Ich . . . ich . . . Also, es war so: Als ich heute morgen im Tagblatt las, daß die Köhlers verunglückt sind, wußte ich: Jetzt muß ich Toni zu seinem Recht verhelfen – selbst auf die Gefahr hin, daß ich im Gefängnis ende und daß sich mein Junge – ja, mein Junge! von mir abwendet. Es geht um seine Zukunft. Außer Zuneigung kann ich ihm nicht viel bieten. Jedenfalls wollte ich, nachdem ich alles überdacht hatte, vorhin die Sachen hervorholen. Aber sie sind weg. Ich hatte sie in einem Schrank verwahrt – als kleines Paket. Es lag soweit hinten, daß es mir nicht sofort in den Blick fiel. Deshalb weiß ich nicht mal, seit wann es fehlt. Toni hat es nicht. Das ist klar. Nur . . ."

„Wen haben Sie ins Vertrauen gezogen?" unterbrach Gunter.

„Nun, ich hatte einige Freundinnen im Laufe der Jahre. Denen habe ich . . . Aber da kommt keine in Frage. Die Erna ist gestorben, Charlotte hat schon vor vier Jahren nach Spanien geheiratet, und Margot Cordelius – sie ist zur Zeit meine beste Freundin – berät mich in der Sache wie ein Anwalt. Sie ist steinreich. Sie hätte es nicht nötig, mich zu erpressen. Außerdem weiß ich ja, wer der Dieb und Erpresser ist."

„Moment mal!" Gunter riß sein Cognac-Glas an die Lippen, obwohl es leer war. „Wieso Erpresser?"

„Der Dieb erpreßt mich", nickte sie.

Ich glaub', Mausi jagt Meiers Kater ums Haus! dachte Locke. Paulas Geschichte steigert sich. Es wird immer toller.

„Erpreßt Sie?"

Gunter machte eine Bewegung, als schalte er ein Tonbandgerät ein.

„Alfons Schäwig", nickte Paula. „Am Telefon hat er seine Stimme verstellt. Aber er ist es. Wer sonst? Nach seiner Entlassung ging es ihm nicht gut. Um mich und Toni hat er sich zwar nie gekümmert, aber als er vor einem halben Jahr bei mir anklopfte, tat er mir leid. Er fuhr Talbahn – aber völlig *(abgeschlafft sein)*. Mit seiner Schwester hatte er sich zerstritten. Sie heißt Christine Wagner, hat nämlich reich geheiratet, einen Immobilien-Makler. Jedenfalls nahm ich Schäwig bei mir auf. Für ein paar Nächte hat er im Wohnzimmer auf der Couch geschlafen. Meinem Toni habe ich erklärt, es wäre ein alter Bekannter. Dann renkte sich Schäwigs Beziehung zu seiner Schwester ein. Plötzlich waren sie wieder ein Herz und eine Seele, und er empfahl sich. Gott sei Dank! Ich bin überzeugt, bei der Gelegenheit hat er das Paket mit Tonis Sachen mitgenommen. Schäwig ahnte sicherlich, daß er daraus irgendwann Kapital schlagen kann. Und jetzt ist der Zeitpunkt gekommen. Jetzt geht es ums Ganze. Denn wenn Toni das Erbe nicht antritt – Sie wissen es ja, Gunter: Vier Jahre lang wird das Vermögen treuhänderisch verwaltet. Hat sich der Erbe bis dahin nicht eingefunden, fällt es an eine Stiftung."

„So steht es im Testament", bestätigte Gunter.

„Wann haben Sie denn das letzte Mal nach Tonis Sachen gesehen?" fragte Locke.

„Das ist lange her. Es war, bevor ich Schäwig bei mir aufnahm."

„Wann erfolgte der erpresserische Anruf?" fragte Gunter.

„Ungefähr vor einer Stunde. Ich hatte noch eingekauft und kam später nach Hause als sonst. Da klingelte das Telefon."

„Eine Männerstimme, sagten Sie. Verstellt?"

Paula nickte. „Dumpf und brummig. Es muß Schäwig sein."

„Was fordert er?"

„Für 400 000 Mark gibt er mir die Sachen zurück."

„Wieviel?“ fragte Gunter bestürzt. „Der muß ja bescheuert sein. Wo sollen Sie das Geld hernehmen?“

„Das hat er sich schlau ausgedacht. Wie Sie wissen, Gunter, starb vor einem Jahr meine Tante. Das Häuschen, in dem wir jetzt wohnen, fiel mir zu. Es müßte restauriert *(ausgebessert)* werden. Aber das Grundstück liegt günstig und hat – mit dem Haus – einen Gesamtwert von etwa 280000 Mark. Schäwig verlangt, daß ich's verkaufe. Den Rest soll ich mir von der Bank leihen. Das wäre für mich – wie er sich ausdrückt – ein Fliegenschiß, denn sobald aus Toni der Millionenerbe Markus Köhler wird, könnte ich alles zurückzahlen und mir eine Prachtvilla zulegen. Er will sich wieder bei mir melden, um zu hören, wie es mit dem Verkauf steht. Sobald ich über das Geld verfüge, wird er mir Anweisungen für die Übergabe erteilen. Er will, das habe ich gemerkt, unerkannt bleiben, begreiflicherweise. Die Übergabe stellt er sich vor wie die Lösegelderpressung bei einer Kindesentführung.“

„Wahnsinn!“ rief Locke. „Der Kerl hat doch einen Schatten an der Waffel.“

Paula betupfte sich die Augen.

Gunters Miene zeigte Nachdenklichkeit.

„Ich kann nur wiederholen, Paula, daß ich Ihnen glaube. Aber Ihre Position ist schwach. Sie können keinen Beweis vorlegen. Sie könnten alles erfunden haben. Alle Einzelheiten, die den Entführungsfall betreffen, stehen in der Zeitung. Sogar die alten Fotos von damals sind veröffentlicht. Sie zeigen Nachbildungen der Babywäsche und des goldenen Anhängers. Schäwig wird leugnen: sowohl, daß er damals das Baby entführt hat wie auch den Diebstahl der Sachen. Daß ihm die Polizei nach 13 Jahren was nachweisen kann, glaube ich nicht. Ihre Aussage, Paula, genügt nicht. Es könnte sich um Rache – oder um sonstwas handeln.“

Paula nickte. Wieder kullerten Tränen.

„Aber . . . was soll ich jetzt machen?“

Gunter sah zur Uhr.

„Heute abend bin ich verabredet. Aber morgen werde ich diesen Schäwig aufsuchen. Vielleicht kann ich was erreichen. Außerdem setze ich mich mit Dr. Mahrl in Verbindung. Das ist der Nachlaßverwalter des Köhlerschen Erbes. Ich kann nicht vorhersagen, wie er sich verhält. Sie müssen mit einer Untersuchung rechnen, Paula. Immerhin haben Sie den Köhlers 13 Jahre lang ihr Kind vorenthalten. Damit haben Sie den Eltern viel Leid zugefügt. Jetzt hat der Tod eine Linie gezogen, und Sie können, was die Köhlers betrifft, nichts mehr daran ändern. Trotzdem, glaube ich, werden Sie milde Richter finden – falls man zu der Auffassung kommt, daß Toni tatsächlich der gesuchte Markus Richter ist. Man wird Ihnen zugute halten, daß Sie damals jung und unerfahren waren, unter Druck handelten, Angst vor Strafverfolgung hatten und Toni eine gute Mutter waren."

„Die Polizei müßten wir zunächst aus dem Spiel lassen", sagte Paula.

„Weshalb?"

„Schäwig hat gedroht. Wenn ich die Polizei einschalte, vernichtet er die Sachen."

Gunter überlegte.

„Na gut! Verzichten wir erstmal auf die Mitarbeit der Ordnungshüter. Aber später geht's nicht ohne. Wissen Sie, wo Schäwig wohnt?"

„Gesagt hat er mir nichts. Aber er steht im Telefonbuch. Amsel-Weg 13."

Kenne ich nicht, dachte Locke. Ob Tom weiß, wo das ist?

Sie lächelte Gunter an.

„Wenn du morgen hingehst, käme ich gern mit. Solche Erfahrungen erweitern den Horizont und fördern den Geist. Heranwachsende brauchen das, wie ihr Erwachsenen ja stets und ständig betont. Affenschlau müssen wir werden, damit wir später befähigt sind, eure Renten zu erarbeiten."

„Affenschlau bist du schon", lachte Gunter.

## 2. Amsel-Weg Nr. 13

Das Rehmsche Telefon verfügt über eine neun Meter lange Schnur.

Locke trug den Apparat durch die Diele in ihr Zimmer und stellte ihn aufs Bett.

Mausi machte Männchen im Käfig und sah interessiert zu.

Es ließ sich nicht vermeiden, die Telefonschnur einzuklemmen. Denn Locke wollte die Tür schließen. Was sie am Rohr *(Telefon)* zu sagen hatte, war nur für den Gesprächsteilnehmer bestimmt, für Tom, ihren Beziehungs-Elch *(Freund)*.

Als sie die Tür zudrückte, kam Mike von draußen zurück. Er hatte Paula zum Wagen gebracht.

„Aha!" grinste er. „Geheimniskrämerei greift um sich."

„Greif du dir deinen Lernstoff, damit du das Abi schaffst."

„Willst du Schäwig anrufen, Prinzessin?"

„Selbstverständlich! Ich drohe damit, daß ich ihm meinen großen Bruder auf den Hals hetze, wenn er die Markus-Köhler-Sachen nicht freiwillig rausgibt."

„Hetz ihm Tom auf den Hals. Ich muß lernen."

„Tom ist mir lieb und teuer."

Sie schloß die Tür, schob die dunkle Knistermähne zurück, um ein Ohr freizumachen, und horchte am Holz.

Mike schlich auf Zehenspitzen näher. Sie konnte seinen Atem hören und riß die Tür auf.

Da er das Körpergewicht aufs verletzte Bein verlagert hatte, fiel er ihr fast in die Arme.

„Du kennst aber auch jeden Trick!" empörte er sich. „Und so ein ausgekochtes Luder habe ich zur Schwester."

„Du Ungeheuer! Sofort machst du eine Mücke! Sonst zeige ich dich an wegen Vielweiberei. Das ist ja das Schärfste: Tagein, tagaus zwischen elf Freundinnen pendeln – und dann noch an fremden Türen lauschen. Du Lämmergeier *(Wüstling)*!"

Mike lachte, küßte sie auf die Wange und hinkte dann die Treppe hinauf, wo ihm Gunter entgegenkam.

Er hatte sich umgezogen, war nämlich mit Helga verabredet, Lockes mütterlicher Freundin und künftiger Stiefmutter.

„Also, ich gehe", teilte er seinen Kindern mit. „Es kann spät werden."

„Viel Spaß!" wünschten Locke und Mike.

Dann schloß Locke ihre Tür.

Sie setzte sich aufs Bett, griff zum Telefon und wählte.

„Conradi", meldete sich Helga.

„Ich bin's", sagte Locke. „Dein Macker, Helga, ist unterwegs. Ich höre eben, wie er mit dem Saab losheizt. Du bist hoffentlich schon ausgehfein, Stiefmutter?"

Helga lachte. „Ganz schnieke, Locke. Riechst du mein Parfum? Ich wollte Gunter vorschlagen, daß wir euch drei mal zum Essen mitnehmen. Aber Tom meinte, das könnten wir ruhig auf nächstes Jahr verschieben. Ihr hättet keinen Termin frei. Es sei schon schlimm genug, daß wir morgen zusammen Kaffee trinken. Willst du ihn sprechen?"

„Will ich. Viel Spaß heute abend. Vergiß nicht, Gunters neue Krawatte zu bewundern. Hat er sich deinetwegen gekauft. Damit sieht er aus wie ein Bankkaufmann. Ciao, Helga!"

„Ciao, Stieftochter."

Sekunden später war Tom am Apparat.

„Schatzi?"

„Hallo, Tom", sagte Locke. „Ein Fall für uns. Zieh dir einen Hocker unter die Sitzfläche, sonst fällst du hart. Ist 'ne irre Kiste, die wir da aufmachen."

Sie erzählte.

Er murmelte ein Dutzendmal „ja!" und „hm!"

Sie sagte: „Wir müssen Toni helfen. Mausi verdankt ihm ihr Leben. Das vergesse ich ihm nicht."

„Was? Davon weiß ich nichts."

„Nein? Habe ich dir nicht . . . Das war vor einem Jahr. Ich hatte Mausi ins Jugendheim mitgebracht. Sie lief auf dem Hof rum, und ich war abgelenkt, weil mich Petra Mair mit ihrem Gelaber nervte. Jedenfalls sah ich nicht, daß sich ein schwarzer Kater anpirschte. Vielleicht war's auch eine Katze. Er kam hinter dem Bretterhaufen hervor, der da immer noch rumliegt, und setzte zum Sprung an auf Mausi. Ich hatte nichts gemerkt, stand nämlich mit dem Rücken zu Mausi. Petra kreischte. Der Kater sprang. Aber Toni hechtete wie ein Weltmeister-Torwart dazwischen, vielmehr dem Kater nach. Am Schwanz hat er ihn erwischt und zurückgezogen. Eine halbe Sekunde später – und Mausi wäre unter der Tatze des Mini-Tigers dahingeschieden. Du mußt zugeben, das verpflichtet."

„Ist gebongt."

„Gunter und Helga schwirren gleich los, merken also nichts, wenn du mich abholst."

„Ist gebongt."

„Mike macht keine Einwände, daß ich nächstens abfliege, wenn du mich begleitest. Zu dir hat er Vertrauen wie zu unserer Regierung in Bonn."

„Willst du mich kränken?"

„Du verstehst doch noch Spaß?"

„Immer. Aber das eben war brutal. Schatzi, wir ömmeln also zu diesem Schäwig, wenn ich das richtig sehe, filzen seine Amsel-Weg-13-Bude, ziehen die Kleinkind-Wirkwaren (Babywäsche) und den Goldklunker an Land, händigen das deiner Paula aus; und Toni ist ab morgen der Millionenerbe Markus Köhler. Saustarkes Schicksal."

„Exakt. Ich warte also. Beeil dich."

★

Die Sommernacht stülpte eine Warmluftglocke über die Stadt, als wollte sie ein Ei ausbrüten.

Locke wartete vor der Garage. Der Mofa-Roller war aufgetankt. Sie trug einen ihrer wagenradgroßen Strohhüte und stand mit nackten Füßen in flachen Sandalen. Ihr Herz klopfte vernehmlich. Was jetzt auf dem Programm stand, war vielleicht nicht ganz ungefährlich.

Toms Hirsch, sein Motorroller gleichen Namens, röhrte heran. Tom hielt, entdeckte seine zombige Schnecke *(tolle Freundin)* im Dunkeln und hallote so laut, als wäre es heller Vormittag und nicht Glotzen-time *(Fernsehzeit)* für lasche Bürger.

Locke hielt ihren Hut fest, als er ihr ein Bussi auf die Wange drückte.

„Was ich noch fragen wollte“, sagte Tom: „Will Paula denn notfalls zahlen, falls Schäwig stur bleibt und wir die Sachen nicht finden – oder was knackt sie sich dann auf *(aufknacken = auferlegen)*?“

„Sie weiß es noch nicht. Papi hat sich nicht geäußert. Mike hält sich raus. Paulas Freundin, eine gewisse Margot Cordelius, meint, es wäre wohl besser, notfalls zu berappen – damit Toni Millionenerbe wird und die 400000 dann aus der Westentasche ersetzt. Aber ich finde, so einer Erpressung darf man sich niemals beugen. Wäre ja das letzte! Schon gar nicht für Geld. Charakterfestigkeit läßt sich doch nicht durch ein paar Millionen Mark ersetzen.“

„Du sagst es.“

„Außerdem verliert Geld schnell seinen Wert – noch dazu heutzutage – Charakter nie.“

„Ganz meine Meinung.“

„Du weißt, wo der Amsel-Weg ist?“

„Weißt du auch. Wir waren mal dort, als wir der Klavierlehrerin die entlaufene Katze zurückbrachten.“

„Ah, dort! Na, dann laß uns mal lospeitschen.“

Sie rollerten durch wattige Luft. Dunst überzog den Nachthimmel, aber ein klecksiger Halbmond war zu sehen. In den Straßen herrschte Ruhe. Nur die Gartenlokale hatten Zulauf, als gäbe es was umsonst.

Der Amsel-Weg gehörte zu einem stillen Wohnviertel, wo sich kleine und winzige Grundstücke die Zentimeter streitig machten. Die Einfamilienhäuser sahen aus, als wären sie für Zwerge erbaut. Keins hatte mehr als 70 Quadratmeter Nutzfläche. Eng, also. Zu eng für kinderreiche Familien und größere Haustiere.

Aber Alfong Schäwig lebte allein.

Büsche umstanden Nr. 13. Den Rest des Kleingartens bedeckten hüfthohe Nachtschattengewächse.

Das Pärchen fuhr vorbei.

„Durch die Jalousie schimmert Licht", sagte Locke. „Er ist zu Hause, der Strolch."

„Entweder wir locken ihn weg, oder ich muß ihn k.o.-schlagen."

„Rühr ihn um Himmels willen nicht an. Keinen Trouble, bevor wir nicht wissen, ob er der Erpresser-Freak ist."

Sie wendeten am Ende des Amsel-Wegs und düsten zurück.

Hinter Schäwigs Jalousie war das Licht erloschen. Aber die Laterne über dem Eingang strahlte auf.

Ein Mann trat aus dem Haus. Schäwig? Wer sonst. Er schloß ab, pfiff wie ein Kanarienvogel und schob ab zur Seitenfront, wo zwischen Zaun und Hauswand gerade noch Platz war für einen verrosteten Heizölferrari *(Auto mit Dieselmotor)*.

Schäwig stieg ein. Ein paar Mal jubelte der Anlasser vergebens. Dann nagelte der Motor. Rückwärts rollte die Rostlaube auf den Amsel-Weg.

Scheinwerferlicht erfaßte das Pärchen von hinten. Es ließ sich überholen, was die Energiesparer-Mühle gerade noch schaffte.

Es dauerte ziemlich lange, bis die Rücklichter verschwanden. Locke und Tom wendeten, rollten zurück, hielten zwischen zwei weltraumfinsteren Häuschen, wo total tote Hose war, und schalteten die Motörchen aus.

„Du wartest erstmal", meinte Tom. „Ich pirsche um die Hütte. Ob irgendwo ein Loch in der Mauer ist. Der pfiff so bärig. Vorläufig kommt der nicht zurück – und wenn doch, ziehe ich ihm ein Horn."

Er verschwand in der Dunkelheit. Locke lehnte sich an den Zaun. In den Gärten geigten Grillen. Beim Flughafen, etwas außerhalb der Stadt, landete ein Jet. Die Lichter blinzelten, und die Passagiere waren sicherlich froh, bald wieder festen Boden unter den Füßen zu haben.

Die Hütte ist nicht groß, dachte sie. Das verkürzt die Suche. Aber der Typ muß damit rechnen, daß Paula ihn durchschaut. Also läßt er die Köhler-Sachen bestimmt nicht rumliegen. Wo würde ich eine Handvoll Babywäsche verstecken?

Ihr fielen mindestens 80 Möglichkeiten ein. Die Suche konnte länger dauern. Aber die Nacht war ja noch jung.

Wie aus dem Boden gewachsen, stand Tom neben ihr.

„Huch! Hast du mich erschreckt, du Grisly *(Bär = lieber Kerl)*. Warum warnst du mich nicht?"

„Na, gut! Das nächste Mal huste ich. Herzi, das Glück überschüttet uns mal wieder mit seiner Gunst. Schäwigs Klofenster steht offen. Es ist schmal. Aber deine schlanken Hüften passen durch."

Er nahm Lockes Hand.

Hinter Schäwigs Häuschen wuchs Rasen bis an die Rückwand.

Tom turnte durchs Fenster voran. Er hatte Schwierigkeiten, seine athletische Figur durch den Rahmen zu zwängen. Als er endlich drin war, ließ Locke sich hineinziehen.

Sie machten Licht. Das mußte sein. Im Dunkeln hätten sie sich nur blaue Flecke eingehandelt, aber keine cremefarbene Babywäsche gefunden.

„Ein unglaublicher Dreckfink!" Locke rümpfte die kesse Nase, als sie sich umsah.

Das Haus enthielt Bad, Küche, einen Wohnraum, die Diele und im Obergeschoß zwei Schlafzimmer.

Schäwig hauste. Von Ordnung hielt er nichts, von Reinlichkeit noch weniger, von Bier umso mehr. Leere Flaschen standen überall herum. In der Küche stolperte Locke über einen Bierkasten, der den Weg versperrte.

Alte Möbel füllten das Haus. Bierdeckeldick lag überall der Staub.

Sie gingen systematisch vor, öffneten jeden Schrank, jede Schublade, jedes Fach, jeden Kasten. Sie durchwühlten alles und brauchten keine Rücksicht zu nehmen auf unvermeidliche Spuren. In dieser Unordnung gingen sie unter wie ein einzelner Fußballfan im überfüllten Stadion.

Sie suchten zwei Stunden und 14 Minuten.

Tom klopfte auch die Wände ab.

Locke horchte immer wieder hinaus, ob der Diesel zurückkam. Aber Schäwig war anscheinend versumpft.

„Das war's", meinte Tom. „Fehlanzeige. Hier hat er die Sachen nicht. Darauf wette ich einen Backenzahn."

„Vielleicht im Garten verbuddelt?"

„Möglich ist alles. Da müßten wir uns bei Tage umsehen."

„Morgen! Wenn wir Gunter hierher begleiten."

„Starke Idee!"

Locke stand neben Schäwigs schmuddeligem Bett.

Auf dem Nachttisch lag ein Zeitungsausschnitt: ein Pressefoto, das er ausgeschnitten hatte.

Es zeigte eine aufgemotzte Braut *(tolles Mädchen)* von Mitte Zwanzig, die mit 88 Strahlerzähnen in die Kamera fletschte. Neben sich hatte sie einen kernigen Typ, der aber beträchtlich älter war. Eine kreuzförmige Narbe zierte sein Kinn.

Die Bildunterschrift teilte mit, daß Belinda Smith-Keelan, die vorjährige Miß USA, in einem Berliner Hotel abgestiegen sei – in Begleitung ihres Mannes, des millionenschweren Grundstückmaklers Charles Keelan. Belinda beabsichtigte, sich die Berliner Mauer anzusehen und Einkäufe zu machen. Die Keelans seien entzückt von der Stadt.

„Warum er sich das wohl ausgeschnitten hat, Tom?"

„Vielleicht will er die Miß angraben *(mit ihr flirten)*."

Locke griff zu einem gerahmten Foto, das auf dem Nachttisch stand.

Es zeigte Schäwig, jedenfalls den Typ, der vorhin dieses Haus verlassen hatte, und eine junge Frau.

Eine gewisse Ähnlichkeit bestand, obwohl er ein Kotztyp und sie hübsch war. Beide hatten lohrotes Haar. Er war ein Schlaffi *(Flasche)* mit Eierkuchengesicht und tückischen Augen, sie mindestens zehn Jahre jünger und gepflegt wie ein Schniegel-Popper.

„Das muß diese Christine Wagner sein." Locke tippte der Frau auf die Nase. „Schäwigs Schwester. Von ihr hat Paula gesprochen."

„Vielleicht hat er die Sachen zu ihr gebracht."

„Ja! Warum nicht?" Locke rückte ihren Hut zurecht. „Eigentlich müßte er ja blöd sein, wenn er die Sachen, die er preislich mit 400000 Mark ansetzt, hier versteckt. Wie schnell ist die Polizei mit einer Haussuchung da. Wo also versteckt der schweineschlaue Erpresser die Sachen? Bei der Schwester, mit der er sich wieder bestens versteht. Damit, Engelbert, werden unsere Termine eng. Erstens kommen wir morgen mit Gunter hierher. Wenn das nichts bringt, steigen wir zweitens der Wagner aufs Dach. Voller List, natürlich!"

„Und Tücke!" grinste er.

# 3. Der Kidnapper leugnet

Daß er wegfuhr, war Flucht. Aber die Kilometer nützten ihm nichts. Er wußte: Margot Cordelius würde kommen, ihn finden, und dann ging alles von vorn los. Mein Gott, wie er sie satt hatte!

Blauer Himmel wölbte sich über dem Tal. Die Bäume standen so nahe – Jörg Heldt hätte sie anfassen können. Mit verkniffenem Gesicht drosch er den signalroten Porsche über die Straße.

Der Porsche gehörte zu jenen Dingen, mit denen er sich umgab, ohne sie je zu bezahlen. Jörg Heldt war 37, ein drahtiger Typ mit graublauen Augen und gescheitert in vier gehobenen Berufen. Z. Zt. hatte er kein Einkommen, aber Schulden.

Mit Margot Cordelius – einer 40jährigen, harten Blondine – hatte ihn eine kurze Freundschaft verbunden. Das war vorbei. Ahnte die Tussi, daß er sie bestohlen hatte? Daß er diese überaus wertvollen Sachen jetzt besaß? Sicherlich! Aber Margot war schlau. Mit keinem Wort verriet sie sich. Nichts deutete an, daß sie ihn verdächtigte. Im Gegenteil! Sie lief ihm nach wie ein Hündchen.

Alles Bluff *(Täuschung)*! dachte er. Sie will mich wieder einfangen, um mir irgendwann irgendwie die Sachen abzunehmen. Denn an die Polizei kann sie sich nicht wenden. Die Sachen gehören ihr so wenig wie mir. Sie hat sie ihrer liebsten Freundin – hahaha! – Paula Woretzki gestohlen: Monogramm-verzierte Babywäsche mit den Buchstaben MK und das Goldkettchen mit dem herzförmigen Anhänger, auf dem der Name steht: Markus Köhler. Und sein Geburtsdatum. Damit werde ich ein Geschäft machen! *Ich*, liebe Margot! Deine hinterhältige Verstellung nützt dir nichts. Aber wenn dir das Spiel Spaß macht – bitte!

Auf der Geraden hinter Brehdorf sah er in den Rückspiegel.

Er kniff die Augen zusammen, nahm die Sonnenbrille ab, äugte schärfer. Also doch!

Ein blauer Opel jaulte um die Kurve und holte in Sekundenschnelle auf. Verdammt! Woher weiß sie das? Hat die einen sechsten Sinn?

Er nahm den rechten Mokassin vom Gaspedal. Ein paar Sekunden blieben ihm zum Überlegen. Wie sollte er sich verhalten?

Der Opel blinkte wie verrückt. Jörg lenkte auf den Grünstreifen. Margot überholte, bremste dann, daß die Pirellis schrien und stoppte Zentimeter vor einem der Leitpfähle.

Auch Autofahren lernt sie nie, dachte er. Ihre Überspanntheit ist gefährlicher als Alkohol am Steuer.

Sie fiel fast ins Freie.

Statt auszusteigen, rückte Jörg auf den Beifahrersitz.

Margot riß die Tür auf. Sie keuchte, als sei sie die Strecke gelaufen.

„Wir waren verabredet! Vor einer halben Stunde waren wir in deinem Apartment verabredet. Weil ich zu früh kam, sah ich noch, wie du abfuhrst. Du . . . du . . . ich bin . . . Aber abgeschüttelt hast du mich nicht. Ich . . ."

„Schrei nicht so! Die Kühe auf der Weide werden schon unruhig! Steig erst mal ein!"

Du Schlange! dachte er. Aber dein Theater täuscht mich nicht!

„Hock nicht so da!" schrie sie. „Sag was! Rechtfertige dich! Sperr das Maul auf!"

Interessiert sah er sie an. Sie hatte ein glattes, hartes Gesicht. Mit allem, was teuer war, pflegte sie die Haut.

Jetzt stand ihr ein Schweißperlen-Schnurrbart auf der Oberlippe.

„Werd nicht albern, Liebling! Wie du dich jetzt streßt – keine Vitamin-Creme bügelt die Falten wieder aus." Es war gemein. Er wollte gemein sein. „In deinem Alter muß man daran denken."

Es nahm ihr die Luft. Sie starrte ihn an. Nach einer Weile hob sie die Hand, wischte über die Oberlippe und verteilte den Lippenstift bis unter die Nase.

Er hielt ihr sein Taschentuch hin und drehte den Rückspiegel vor ihr Gesicht.

„Wisch das weg! Sieht aus wie Nasenbluten."

„Erklär mir, warum du abhaust! Wir sind verabredet. Dich schert das nicht! Du steigst in den Wagen und fährst weg! Wenn du wenigstens sagen würdest, du hättest unsere Verabredung vergessen. Kein Wort glaubte ich, aber es wäre der Versuch einer Entschuldigung."

„Mich entschuldigen? Ich bin getürmt, weil ich dich nicht mehr ertragen kann. Bis hierher", er hielt die flache Hand ans Grübchen seines energischen Kinns, „stehst du mir. Endlich begriffen?"

Sie schrie nicht. Sie biß sich nicht ins Handgelenk. Sie trat kein einziges Mal gegen sein Armaturenbrett, und Tränen waren bei ihr ohnehin nicht drin.

Ihre Reaktion überraschte.

„Jörg, Liebling", sie legte die Hand auf seinen Arm, „daß ich dir in letzter Zeit so oft Ärger gemacht habe – versteh das doch! Ich bin zur Zeit etwas nervös."

„Ich bin dafür, wir trennen uns in Frieden und Freundschaft, ohne Gebrüll und Hysterie. Was noch zu bereden ist, wo hättest du's gern? Gleich jetzt im Wagen, oder gehen wir ein Stück spazieren?"

Sie sah ihn an, als hätte er ein Kind umgebracht.

Jörgs Miene blieb wie eine Gefängnistür.

Margot Cordelius stieg aus und ging zu ihrem Wagen. Sie hielt die Schultern gerade.

Das wird ein herrlicher Spaziergang, dachte er. Dann fuhr er voran.

Sie parkten am Troggen-See und folgten dem einsamen Rundweg.

Bin gespannt, dachte Jörg, wie sie's jetzt anstellt, um unsere sogenannte Freundschaft zu kitten. Ich weiß, worum es ihr geht. Ahnt sie, daß ich's weiß? Irgendwie muß ich sie abschütteln. Sonst ernte ich die 400 000 von der Woretzki nie. Oder ist es klüger, wenn ich mich mit meiner Tussi zum Schein versöhne? Hockt sie mir dann so auf der Pelle, daß ich nichts unternehmen kann?

Margot drehte den Kopf, aber es war niemand in der Nähe.

„Du denkst, du kannst mich abschieben – einfach so. Nachdem ich dich monatelang durchgefüttert habe."

„Red keinen Unsinn! Geld habe ich nie von dir genommen."

„Geld nicht. So geschmacklos wäre ich nicht gewesen. Aber Wertgegenstände, mein Lieber. Wo sind denn die Manschettenknöpfe mit den Diamanten? Wo ist die Platinuhr? Alles noch am selben Tage verscherbelt, nicht wahr? Denn mein Kleiner brauchte Bargeld. Wer hat dir den Kredit besorgt für den Porsche? Überleg dir genau, du Flasche, wie tief du fällst, wenn ich meine Hand von dir wegziehe!"

Und mit der habe ich's ein halbes Jahr ausgehalten, dachte er. Manchmal verstehe ich mich selbst nicht.

„Ich falle gern mal tief, Margot."

Sie sagte: „Bis hinter Gefängnismauern?"

Für einen Moment spürte er eine eisige Faust im Genick.

„Was willst du damit sagen?"

„Du warst unvorsichtig, Jörg Heldt. Du hast ein bißchen zuviel erzählt."

Seine Hand fuhr hoch.

„Schlag mich nur", sagte sie. „Du mußt mich schon totschlagen, damit ich schweige."

„Was weißt du von mir? Nichts, was mich mit dem Gesetz in Konflikt bringt. Außerdem: Auch du bist kein Tugendschaf."

Sie spielte einen Lachanfall, bog sich, krümmte sich, preßte die Hände aufs Zwerchfell.

„Noch so einen Witz, und ich falle in den See." Von einer Sekunde zur anderen wurde sie ernst, samtpfotig, ihr Ton mütterlich.

„Aber Jörg! Wirst du alt? Mit 37 müßte das Gedächtnis noch funktionieren. Meins ist brillant. Schon vergessen, wie du in Düsseldorf 120000 Mark ergaunert hast. Wie warst du stolz auf deine Schläue! Wörtlich kann ich mich an deine Geschichte erinnern."

Er verzog keine Miene. Aber hinter der Stirn jagten die Gedanken.

In die Gehaltsabteilung eines Konzerns hatte er sich hineingearbeitet. Sein Plan stand von Anfang an fest. Mißerfolg war ausgeschlossen. Er scheute keine Mühe, lernte sogar, wie man Computer programmiert. Und dann sein Trick: die private Steuererhöhung. Er dressierte den Elektronenrechner so, daß dieser bei der Gehaltsabrechnung den Lohnsteuerabzug um einige Pfennige erhöhte. Nur Pfennige! Wer rechnet das nach. Die Differenz ließ er auf sein Privatkonto überweisen. Bei einigen Tausend Angestellten über lange Zeit – es hatte sich gelohnt. Und es blieb unentdeckt. Er sahnte ab, korrigierte schließlich den Computer, kündigte und verzog sich.

Phantastisch war, wie schnell ihm dann das Geld durch die Finger lief.

Als er Margot kennenlernte und ihr vertraute, hatte er in Champagnerlaune seinen Coup erzählt.

„Liebling", sie lächelte ihr Maiglöckchen-Lächeln. „Du hast die Wahl: Wir bleiben Freunde, oder ich haue dich bei der Polizei in die Pfanne."

„Das ist Erpressung."

„Freilich."

„Freundschaft und Zuneigung kann man nicht erpressen."

„Ich brauche nur eine Bewährungszeit – bis du dich endgültig an mich gewöhnst."

Aber Jörg!
Wirst du alt?

Ein Waldarbeiter kam vorbei und grüßte.

Margot lächelte. Sie sah aus wie eine glückliche Braut.

„Ich weiß nicht, wen es härter trifft", grinste er. „Mich oder dich? Jörg Heldt war nicht immer auf Rosen gebettet. Ich stehe auch harte Zeiten durch, und ein bis zwei Jahre Knast reiße ich auf einer Backe ab. Aber was würdest du machen, wenn ich über dich auspacke?"

„Aber, Liebling! Da gibt es nichts auszupacken. Nichts, was du beweisen könntest. Komm! Wir gehen noch ein Stück. Die Luft ist wirklich herrlich!" Sie zog ihn den erhöhten Uferweg entlang. „Wie das hier duftet! Nach Wald und Gras."

Neben ihr stieg er den Waldweg hinauf. Unter den Bäumen schwirrte und summte es. Mücken waren dabei. Er zerklatschte, was seine nackten Unterarme anzapfen wollte.

Was sie sagte, stimmte. So kam er ihr nicht bei. Aber sein Hirn war auf Tricks trainiert, seine Phantasie pfeilschnell. Doch er brauchte Zeit. Währenddessen sollte sie glauben, sie hätte ihn 'rumgekriegt.

★

Gunter war noch müde. Er gähnte verstohlen. Aber versprochen war versprochen. Selbstverständlich fuhr er zu diesem Schäwig, um ihn in die Mangel zu nehmen. Paulas Vertrauen sollte nicht enttäuscht werden.

„Du willst also mit?" fragte er, als er zur Garage schlurfte, um den Saab flottzumachen.

„Tom kommt auch", nickte Locke. „Da ist er schon." Sie wies zur Straße. „Aber wir nehmen unsere Feuerstühle. Du bist mir zu müde. Kennst du den Amsel-Weg?"

„Den . . . Ach so! Nein. Aber ich habe einen Stadtplan im Handschuhfach."

„Laß ihn drin, Papi. Wir fahren voll ab auf Ortskenntnis. Brauchst uns nur zu folgen."

„So langsam fährt mein Schlitten nicht", lachte Gunter.

Aber dann folgte er den beiden mit Tempo 24 und fühlte sich wie ein Staatsmann, der aus Ersparnisgründen nicht von Motorrädern, sondern Rollern eskortiert *(geleitet)* wird.

Sie hielten vor Nr. 13.

Bei Tag wirkte der Amsel-Weg wie eine Laubenkolonie.

Der Diesel stand wieder neben dem Haus. Die Jalousien waren geschlossen.

Er pennt, der Schmutzfink! dachte Locke. Es ist ja noch nicht Mittag. Ein Erpresser braucht seinen Schlaf. Wahrscheinlich ist er spät ins Bett gekommen.

Zu dritt bauten sie sich vor der Tür auf. Gunter ließ den Daumen auf der Klingel. Die beiden Teens schauten unschuldsvoll in den Garten.

Nach etwa zwei Minuten wurde die Tür aufgerissen.

„Wohl verrückt geworden! Sie sollen doch die Post . . ." Er stockte und glotzte blöde. „Ach, Sie sind ja gar nicht der Briefträger."

„Nein!" sagte Gunter. „Aber Sie werden sich gleich wünschen, ich wäre ein Brief vom Finanzamt oder ein Zahlungsbefehl. Ich bin nämlich schlimmer. Sind Sie Alfons Schäwig?"

Der Gauner nickte. Er trug einen violett-schwarz gestreiften Schlafanzug und hatte einen ausgelatschten Pantoffel am linken Fuß. Den rechten zeigte er nackt in seiner ganzen Schönheit. Sein Haupthaar stand steil und sichelförmig in die Höhe wie ein Super-Irokese *(indianischer Haarschnitt mit kahlen Seiten)*.

„Bin ich. Was wollen Sie?"

„Mit Ihnen reden. Mein Name ist Rehm."

„Aber doch nicht jetzt, Mann! Mitten in der Nacht!"

„Doch jetzt! Komme ich nämlich wieder, bringe ich Polizei mit. Wenn wir jetzt reden, ist vielleicht eine gütliche Einigung drin."

Das pfiff dem Kerl in die Knochen. Sein Eierkuchengesicht schlug Falten. Er zwinkerte heftig.

„Polizei? Wieso Polizei? Ich hatte noch nie was mit der Polizei zu tun."

„Nein? Dann waren Sie wohl die acht Jahre auf Mallorca *(Insel im Mittelmeer)*?"

„Häh? Du meine Güte! Die acht Jahre Knast hatte ich ganz vergessen."

„Solche Kleinigkeiten vergißt man schnell", nickte Gunter. „Was ist jetzt? Wollen wir hier auf der Schwelle reden?"

„Also gut, kommen Sie rein", brummte Schäwig. „Die auch?" Er wies auf Locke und Tom.

„Das sind meine Mitarbeiter. Sie merken sofort, wenn jemand lügt."

„Ich lüge nie", behauptete Schäwig und taperte voran.

Niemand hatte aufgeräumt. Der Wohnraum sah aus wie letzte Nacht.

Der Ganove murmelte Unverständliches und schleppte sich die Treppe hinauf.

„Ist das ein Chaos!" meinte Gunter. Angewidert sah er sich um.

„Die andern Räume sind noch schlimmer", sagte Locke.

„Das glaube ich. Heh, woher weißt du das?"

Locke und Tom lächelten sich vielsagend an.

„Wir waren letzte Nacht hier, Papi", flüsterte sie. „Haben alles durchwühlt. Hier im Haus sind die Sachen leider nicht. Bestimmt hat er sie woanders versteckt. Wahrscheinlich vergraben."

Gunter konnte nichts erwidern, denn Schäwig kam die Treppe herab, jetzt in einen zimtfarbenen Bademantel gehüllt. Die Irokesen-Tolle hatte er mit Wasser oder Spucke benetzt und glatt gestriegelt.

„So!" schnarrte er. „Machen wir's kurz. Was ist?"

„Wir kommen im Auftrag von Paula Woretzki. Sie weiß, daß Sie die Sachen haben, mit denen sie beweisen kann, daß Toni das vor 13 Jahren entführte Kind der Köhlers ist. Ich ersuche Sie, die Sachen zurückzugeben. Und zwar sofort."

Das nimmst du zurück! Du...
du, Sumpfvalle

Schäwigs blasse Augen wieselten. Seine Blicke kletterten über die Gesichter. Er ließ den Mund offen.

„Was? Wovon reden Sie? Verstehe kein Wort. Was soll ich haben? Von wem ist die Rede?"

„Sie leugnen?"

„Ich leugne alles. Ich weiß von nichts."

„Sie haben vor 13 Jahren Markus Köhler entführt. Vor einiger Zeit stahlen Sie Paula Woretzki die Babywäsche und den goldenen Anhänger."

„Lüge! Behauptet Paula das? Ich kenne sie, ja! Aber sie kann mich nicht leiden. Jetzt streut sie also Gerüchte über mich aus. Unverschämt! Gerichtlich werde ich gegen sie vorgehen. Nie habe ich jemanden entführt, nie habe ich Paula bestohlen. Ist alles nicht wahr. Und Sie werden sich schwer tun, mir das Gegenteil zu beweisen. Vor 13 Jahren soll das gewesen sein? Hahahah! Da ist die Spur abgekühlt und verwischt, und Zeugen gibt's nicht mehr. Paula ist keine Zeugin, sondern boshaft. Eine Ehrabschneiderin! Sie meinen, ich habe ihr was gestohlen? Bitte, holen Sie die Polizei! Durchsuchen Sie mein Haus! Graben Sie den Garten um! Nehmen Sie den Wagen auseinander. Sie werden nichts finden, was nicht ehrlich erworben ist."

„In Ihren Schweinsaugen sehe ich", fuhr Locke ihn an, „daß Sie lügen. Sie stehlen, lügen, erpressen und denken nur ans Geld, Sie Abflußrohr-Bewohner! Aber Toni ist unser Freund. Wir werden nicht ruhen, bis er zu seinem Recht kommt und Sie hinter Gittern sitzen."

„Was heißt das, du Kröte?" schrie Schäwig. „Wer bist du überhaupt? Nicht mal der Staatsanwalt wagt es, so mit mir zu reden."

„Sie sind der Kidnapper von damals." Mit dem Finger wies sie auf ihn. „Ratte!"

„Das nimmst du zurück, du . . . du . . . Sumpfralle!"

„Heh!" mischte sich Tom ein. „Sagen Sie das nicht nochmal. Sonst stopfe ich Sie wirklich ins Abflußrohr."

Gunter stand auf.

„Die Auseinandersetzung hat kein Niveau mehr. Gehen wir!“

„Ich werde Sie verklagen! Mistvolk!“ schimpfte Schäwig hinter ihnen her.

Beim Wagen sagte Gunter: „Ich fahre jetzt zu Paula. Es geht nicht mehr ohne Polizei. Das muß sie einsehen. Daß Schäwig die Sachen vernichtet, halte ich für ausgeschlossen. Es wäre eine Dummheit. Zumal er die Sachen bestimmt gut versteckt hat.“ Er senkte die Stimme. „Euch müßte ich mit den Ohren aneinanderknoten. Ihr könnt hier doch nicht einfach einbrechen.“

„Wir sind nicht eingebrochen“, erklärte Tom. „Nur eingestiegen. Ein Fenster war offen. Wir haben nichts beschädigt und nichts mitgenommen.“

„Trotzdem! Es bleibt eine Straftat – auch wenn es im Interesse einer guten Sache geschieht. Nie wieder, bitte!“

Tom schummelte sich an der Bestätigung vorbei, indem er sich rasch bückte und die Schleife seines Turnschuhs neu band.

Locke fiel ihrem Vater um den Hals.

„Du bist einzigartig als Vorbild, Papi. Aber jetzt müssen wir weiter. Haben noch in der Stadt zu tun. Um vier sehen wir uns dann bei Helga. Tschüs!“

Wie halte ich das nur aus? dachte Gunter. Am besten, ich weiß nicht zuviel. Hm! Daß ich an ihrer Stelle dasselbe täte, darf ich nicht zugeben. Sonst ist es vorbei mit dem einzigartigen Vorbild.

# 4. Kleine Ohren, spitze Knie

Die Adresse hatten sie im Telefonbuch gefunden. Jetzt verstummten die Roller vor der schicken Villa.

Vormittagsstille lag über dem Viertel. Sogar die Singvögel in Parks und Gärten dämpften die Piepser. Hinter Hecken und Mauern erscholl bisweilen ein Klatschen, dem Spritzgeräusche folgten. Das rührte von Schwimmingpools her – und mißglückten Sprüngen. Aber niemand brüllte deshalb. Und die Kinder waren angewiesen, sich piano *(leise)* zu verhalten.

„Schäwigs Schwester hat's besser getroffen", meinte Tom, „als der Abflußrohr-Bewohner."

„Christine ist ja auch hübscher."

„Wenn es danach ginge, wohntest du in einem Schloß mit 120 Sälen."

„Das ist ja ein richtiges Kompliment!" staunte sie. „Danke, Engelbert! Aber so sehe ich mich nicht. Mir fehlen die Lokken. Und meine Ohren sind zu klein. Mike sagte neulich, ich hätte knochige Knie."

„Mike spinnt. Außerdem sind Teenager immer etwas schlacksig. Wollen wir nun?"

„Klar! Ich habe den Ehrgeiz, die Sachen heute noch zu finden."

Sie gingen zur Haustür. Locke klingelte. Erst nach mehrmaligem Läuten wurde geöffnet.

Schäwigs Schwester persönlich hatte sich herbemüht. Sie trug einen kurzen weißen Bademantel, der etwas aufklaffte. Ihr Bikini hatte leuchtende Farben.

Sie ist noch hübscher als auf dem Foto, dachte Locke. So unterschiedlich können Geschwister sein.

Sie knipste ihr Lächeln an, ließ es aus den dunklen Augen leuchten und strahlte mit allen Zähnen.

„Frau Wagner? Guten Tag! Ich bin Nina Rehm. Das ist Tom Conradi. Wir suchen einen Ferienjob und hörten – von wem eigentlich? Entsinnst du dich, Tom? – hörten also, daß Sie vier rührige Hände benötigen, damit der Garten gepflegt wird. Tom ist Spezialist im Heckenschneiden. Ich erhalte demnächst ein Diplom als Rasenpflegerin. Außerdem fischen wir jedes Blättchen aus dem Pool, und beim Fensterputzen sind wir . . ."

„Langsam!" unterbrach Christine Wagner. „Ich suche niemanden."

„Nein?" Locke ließ die Mundwinkel fallen.

„Nein!"

„Hat uns da jemand verscheißert?"

„Offenbar. Oder es ist ein Irrtum." Christine Wagner quetschte eine Unmutsfalte zwischen die Augen. „Tut mir leid."

„Und sonst? Irgendein Job? Wir putzen auch das Haus."

„Also wirklich nicht. Bei uns ist alles tiptop. Probiert es mal bei Leiendeckers. Das ist schräg gegenüber. Der Bungalow, ja! Dort sieht der Garten schlimm aus."

Sie nickte, trat zurück und schloß die Tür.

Die beiden sockten zu ihren Fahrzeugen.

„Sie ist hübsch", sagte Locke, „aber kalt. Und bestimmt auch berechnend. Ich spüre, Tom, daß die Sachen hier versteckt sind. Vielleicht im Haus. Vielleicht im Garten vergraben."

„Gunter wird sauer, wenn wir hier nächtlich aufkreuzen, ein Fenster knacken und wieder stöbern wie Jagdhunde."

„Er muß es ja nicht unbedingt erfahren."

„Das sagst du, wo du soviel Vertrauen zu ihm hast."

„Habe ich auch! Aber ich muß ihn schonen. Er hat bereits graue Haare. Wenn ich ihn so nerve, daß er abbaggert *(nervlich und körperlich am Ende sein)*, nimmt ihn deine Mutter nicht mehr. Sie hat Anspruch auf einen unversehrten Pascha."

„Wenn ich das Mütterchen erzähle", feixte Tom, „fällt sie vor Lachen aus ihren Popper-Klamotten. Bei den beiden

Und so
Job?

läuft doch dieselbe Beziehungskiste *(Partnerschaft)* wie bei uns. Ich sehe ja auch drüber hin, daß du kleine Ohren hast."

„Wie gnädig! Bei dir konnte sich die Natur nicht mal entscheiden, ob sie dir grüne oder blaue Augen verpaßt. Hättest du ein drittes, wäre das wahrscheinlich braun."

Lachend legte Tom den Arm um sie.

„Wanze!" sagte er plötzlich.

„Gleich klatsche ich dich auf die Ohren. Wanze ist kein Kosename."

„Ich meine doch nicht dich. Ich denke an die beiden Wanzen, die ich zu Hause habe – irgendwo. Sind so kleine Metalldinger!" er zeigte ihr Kirschkerngröße. „Abhörgeräte. Kennst du. Habe ich von 'nem technischen Bastler gekunkelt. Sie funktionieren. Man braucht nur ein Transistor-Radio für das andere Ende der Spionagetätigkeit."

„Du redest gesprenkelt. Was ist mit dem anderen Ende?"

„Da sind wir, wenn wir lauschen. Also: Die Wanze ist dort, wo wir abhören wollen. Sie ist eine Art Mikrofon: winzig, aber saustark. Sie nimmt auf, was gesabbelt wird und sendet. Dorthin, wo der Empfänger sitzt. Zu weit entfernt sollte das nicht sein. Wegen der Deutlichkeit. Sagen wir: einen halben Kilometer. Dort sind wir, und das Transistor-Radio ist der Empfänger. Auf die richtige Wellenlänge eingestellt, liefert es uns das Hörspiel."

„Gut, gut! Und wir hören Christine Wagner ab. Meinst du, sie führt Selbstgespräche?"

„Nee. Aber sie labert mit ihrem Alten. Und natürlich mit Alfons, wenn der herkommt. Die Markus-Köhler-Sachen sind dann bestimmt ein Thema. Vielleicht haben wir Glück und hören, wo sie versteckt sind."

„Es würde schon genügen, wenn wir hören, daß sie die haben."

„Exakt."

„Aber wie kriegen wir die Wanze ins Haus? Beine hat sie leider nicht."

„Das *Wie* ist die Frage. Gib mal den Auftrag an deine grauen Zellen weiter. Wir haben zwar Ferien. Aber das Gehirn darf nicht einschlafen."

„Mein IQ *(Intelligenz-Quotient = Meßzahl der geistigen Fähigkeiten)* liegt immer auf der Lauer."

„Wie ein Raubtier. Ich weiß. Schäwig hat's gespürt. Ich hätte mich fast beölt. Der ist so wütend! Der hätte dich am liebsten in die Wade gebissen. Begegne ihm nie allein, sondern warte, bis ich dabei bin. Sonst macht der's wirklich."

Locke blickte an Tom vorbei.

Ein Mercedes näherte sich, blinkte, bog in die Einfahrt und rollte in die Wagnersche Garage.

Der einzige Insasse steckte hinterm Lenkrad wie eine Bratwurst in ihrem Naturdarm.

Der Mann war fett. Er atmete mit offenem Mund. Anscheinend setzte ihm die Hitze zu. Auf seinem Karpfengesicht stand der Schweiß in kleinen Tropfen.

„Wir machen einen Abflug", flüsterte Locke, „sonst fallen wir noch auf. Das scheint Wagner zu sein. Igitt! Ist das ein fetter Fisch."

Sie rollerten ab, aber langsam. Aus den Augenwinkeln beobachtete Locke, wie Wagner ausstieg und ins Haus ging.

„Die hübsche Christine und der", sagte Tom. „Wie paßt das zusammen?"

„Ich habe gelesen, die häßlichsten Männer haben die hübschesten Frauen."

„O weh! Dann kriege ich die mieseste Zippelgusse *(häßliches Mädchen)*", lachte Tom.

★

Im Bikini kam Christine Wagner auf die Terrasse. Sie blinzelte und fühlte, wie ihre nackten Sohlen auf den heißen Marmorplatten brannten.

Über den Golfrasen ging sie zum Swimming-pool. Er war blaugekachelt und beheizt.

Sie tunkte einen Fuß ins Wasser, fischte mit der großen Zehe ein Buchenblatt heraus, machte kehrt und schritt zur Terrasse. Auf dem Bambustischchen stand der Sektkühler. Um diese Zeit trank Christine gern Champagner.

Sie seufzte, blieb stehen und sah in den blauen Himmel über dem Villen-Vorort.

Wenn sie sich je hiervon trennen mußte – von Grundstück, Luxus, der 10-Zimmer-Villa, ihrem Lancia, dem faulen Leben . . .

Aber es sah verdammt danach aus. Schon vorige Woche hatte Alfred gesagt, er sei pleite. Hätte sich bis heute was geändert, wäre er sofort gekommen, und sie wüßte es längst. Aber er kam nicht. Er hockte in der City im Büro, knabberte Fingernägel und ärgerte sich über seine Unzulänglichkeit.

Mein Gott, wie konnte man heutzutage als Immobilien-Makler Pleite machen! Noch dazu hier!

Er hatte es ihr erklärt, wortreich und mit dem Ziel, daß sie nichts durchschaute. Sie hatte nur immer herausgehört, die anderen seien schuld. Die Konkurrenz – alles Hyänen! Seine Anständigkeit habe ihn scheitern lassen. Er sei nun mal kein geborener Betrüger.

Christine sah ihn anders. Alfred verwechselte Anstand mit Faulheit. Skrupel hatte er bestimmt nicht, das wußte sie, aber er scheute Einsatz und Mühe.

Draußen kurvte ein Wagen in die Garage. Er kam also doch. War ein Wunder passiert?

Sie füllte ihr Glas. Sie trank, stieß verhalten auf und ging ins Terrassenzimmer. Dort stürzte ihr Alfred entgegen.

„Schnucki!"

Er schwitzte. Manchmal sah es beängstigend aus, wie er bei Hitze rot anlief. Das lag an den dreißig Pfund Übergewicht und dem engen Kragen.

„Sag nur, wir sind gerettet? Bist ja richtig aufgedreht."

„Na ja . . . Jedenfalls müßte ich das in Ruhe mit dir besprechen."

„Ja?"

„Es gäbe da einen Ausweg."

Sie lächelte in sein fleischiges Gesicht. „Erzähl mal!"

Er sah wirklich wieder aus wie ein verfetteter Braumeister, wie einer, der das meiste Bier selber trinkt. Wenn er wenigstens mehr Haare hätte. Aber das fahle Blond wurde dünner und dünner.

„Zieh's Jackett aus, Alfred, und komm auf die Terrasse!"

„Auf keinen Fall, Schnucki, da könnte jemand mithören."

„Ist das denn geheim?"

„Vielleicht erklärst du mich für verrückt. Aber . . ."

„Doch nicht, wenn's um Geld geht – mir wäre alles recht. Wenn ich dich richtig verstanden habe, müßten wir sonst", ihre Geste umfaßte das gesamte Grundstück, „verkaufen."

Er nickte. „Aber das Geld kriegten andere, und wir fingen von vorn an. Ehrlichkeit zahlt sich nicht aus. Davon habe ich jetzt die Nase voll. Ich will meinen Besitz vermehren."

Pfeifenkopf! dachte sie. Sei froh, daß dir die Eltern soviel hinterlassen haben. Was wärst du ohne dein Erbe gewesen. Und ich glaubte, das reicht fürs Leben. Aber du wirtschaftest auch zehn Millionen in den Keller.

Er ging zur grünen Schrankwand, öffnete sein Lieblingsfach und holte die Konfektdose heraus. Als er im weichsten Sessel saß, sah er Christine aus blaßblauen Schweinsaugen an.

„Wir sind jetzt schon drei Jahre verheiratet. Aber kennt man einen Menschen wirklich? Ich meine das so – äh, wir sollten uns abstimmen. Was so die allgemeinen Vorstellungen von Gut und Böse betrifft, meine ich. Schließlich . . . also, du hast doch deine eigene Philosophie *(Weisheit)*."

„Und ob!"

„Ich meine, überall auf der Welt werden Tausende umgebracht. Für nichts."

„Für nichts. Aber wenn du einen umbringst, springt dabei was 'raus. Verstehe ich dich richtig?"

Er lächelte breit. „Einfach großartig, wie schnell du begreifst."

„Was hast du vor, Alfred?"

„Ich dachte an die Lebensversicherung."

„Die ist teuer genug."

„Weil ich ein bißchen zu dick bin", seufzte er, „haben die gleich die Prämien erhöht. Immerhin, an meinem Tod verdienst du drei Millionen. Saftig, was! Mit 38 Jahren bin ich neun Lenze älter als du. Wenn dich nicht eines Tages der Champagner kaputtmacht, überlebst du mich bestimmt. Bist dann allein und hast drei Millionen. Der Gedanke fuchst mich. Wozu zahle ich die unverschämten Prämien? Davon will ich auch was haben!"

„Mein großer dicker Fisch!" Sie tätschelte den Bierspeck seiner Wange. „Ohne dich hätte ich an dem Geld keine Freude. Es wäre mir wurscht! Ich könnte nicht leben." Sehr vorsichtig fügte sie hinzu: „Mach doch die Versicherung rückgängig. Dann sparen wir die Prämien."

„Nein!" Er grinste schlau. „Wir werden die Millionen kassieren."

„Aha."

„Du hältst mich für übergeschnappt, was? Aber dein dikker Fisch ist ein gewiefter Hecht. Es läuft zwar darauf hinaus, daß wir dann hier nicht mehr bleiben können. Aber es läßt sich auch anderswo leben. Du müßtest das Grundstück verkaufen, mit dem Geld die Verpflichtungen erfüllen, die Millionen ins Ausland bringen – vielleicht nach Südfrankreich – und mir nachkommen."

„Ausgezeichnet. Aber meines Wissens zahlt die Versicherung nur im Falle deines Ablebens."

Er grinste. „Für die Millionen scheue ich weder Mühe noch Unkosten. Dafür werde ich sogar eine Leiche."

Die Terrassentür stand offen. Ein Mückenschwarm tanzte über dem Swimming-pool. In den Sektkelch hatte sich eine Wespe verirrt. Ihr schien's zu schmecken.

Das ist affen-

„Um ehrlich zu sein, Alfred: Ich verstehe kein Wort."

Er erläuterte seinen Plan.

Als er fertig war, sah sie fassungslos in das fleischige Gesicht.

„Das ist affenschlau!"

Jetzt mußte er den Kragen öffnen. Nicht die Schwüle setzte ihm so zu. Er wäre vor Stolz fast geplatzt.

„Eingefädelt habe ich das schon, Schnucki. Brieflich. Morgen werde ich fahren. Du kannst natürlich mitkommen. Oder wäre es dir unangenehm, ihn . . . ich meine: seine Gegenwart. Schließlich werde ich ihn in Kürze umbringen. Und das Wissen belastet, nicht wahr? Ob du dich verstellen kannst?"

„Ich überlege es mir noch, Alfred. Im Moment haut mich der Gedanke einfach um. Es ist phantastisch. Die Millionen, die kriegen wir. Ich weiß es. Mensch, ich könnte tanzen vor Freude. Jetzt brauche ich eine Abkühlung. Zieh dich aus, wir schwimmen!"

# 5. Die Spur des Parfums

Gunter kam mit zehn Minuten Verspätung.

„Ich war noch bei der Kripo", entschuldigte er sich. „Sie haben Schäwig verhört. Nach allen Regeln der Kunst. Aber es ist nichts dabei rausgekommen. Der leugnet wie die Unschuld persönlich. Paulas Aussage genügt nicht, wie ich befürchtet habe. Das Kidnapping liegt nun 13 Jahre zurück. Wie soll man da noch was nachweisen, zumal dieser Karl Seitz unauffindbar ist und damals keine brauchbaren Spuren gesichert wurden. Auch mit dem Diebstahl hätte er nichts zu tun."

„Setz dich erstmal!"

Helga Conradi hatte ihren künftigen Ehemann auf die Wange geküßt.

Nicki, der mächtige Mischlingshund der Conradis, winselte verhalten.

Gunter hatte in gebückter Haltung berichtet. Mit beiden Händen streichelte er den Vierbeiner, der darauf bestand – schließlich mochte er Gunter zum Schlecken gern.

„Was gibt's denn?" forschte Gunter. „Sahneschnitten?"

„Wir sind doch keine Kannibalen", empörte sich Locke.

Tom lachte und schenkte Kaffee ein. Er hatte sogar ein frisches T-Shirt angezogen – nach Helgas fünfter Ermahnung.

Dr. Helga Conradi sah wieder aus wie der Traum aller vierbeinigen und geflügelten Patienten sowie deren Herrchen. Ihr langes Blondhaar hatte einen silbrigen Schimmer. Das weiße Sommerkleid umfloß sie wie Rauch. Für eine Tierärztin hatte sie sehr schmale und zarte Hände.

„Wie geht es nun weiter?" fragte sie.

„Die Kripo hat Paulas Aussage zu Protokoll genommen. Ihr wird man, glaube ich, nicht viel anhängen. Sie war damals Mitwisserin, sicherlich. Und sie hätte Toni, ich meine Markus, den Köhlers zurückgeben müssen. Und sei's, sie hätte ihn vor deren Tür ausgesetzt. Andererseits hat sie ihn liebevoll großgezogen. Wenn sie einen milden Richter findet, wird man die Strafe zur Bewährung aussetzen. Voraussetzung ist natürlich, daß sich die Wahrheit erweist. Das heißt, Toni muß offiziell *(amtlich)* als Markus Köhler anerkannt werden. Solange das nicht ist, gilt Paulas Geständnis nicht. Allenfalls würde man es als den Versuch werten, dem Köhlerschen Nachlaßverwalter einen falschen Erben unterzujubeln."

„Du glaubst ihr?" fragte Helga.

„Absolut."

„Toni weiß noch nicht, was da seinetwegen abläuft?"

„Irgendwann wird sie's ihm sagen müssen", seufzte Gunter. „Das ist natürlich ein Schock für den Jungen."

„Er verträgt was", meinte Tom. „Mich fuchst, daß Schäwig ungeschoren davonkommt."

„Ich könnte mir vorstellen, daß man ihm auf der Spur ist", sagte Gunter.

„Die Polizei?" fragte Locke.

„An die habe ich nicht gedacht. Sondern an zwei Teens, die ihre Nase in alles stecken."

„Heißt das", lachte Tom, „wir haben deine Erlaubnis?"

„Um Himmels willen, nein! Deine Mutter wird zur Elchkuh *(ihre Geduld ist gleich zu Ende)*, wenn ich euch nicht zurückhalte. Aber mal ernsthaft! Bringt euch nicht in Teufelsküche. Schäwig ist ein schlaffer Typ. Dem könnt ihr die Kante zeigen *(sich nichts gefallen lassen)*. Aber vielleicht hat er harte Komplicen."

„Hart sind wir auch", grinste Tom. „Und Lockes IQ liegt immer auf der Lauer. Was soll da passieren?"

„Noch keiner von euch Geisteszwergen hat meinen selbstgebackenen Kuchen gelobt", beschwerte sich Helga. „Euch lade ich nie wieder ein."

„Er ist köstlich", sagte Gunter, „schmeckt fast so gut wie gekaufter.

Unterm Tisch brummte Nicki.

„Hat er was?“ fragte Locke.

„Ich habe ihn getreten“, lachte Helga. „Aus Versehen. Deines Vaters Schienbein war mein Ziel. Aber Nicki lag im Weg.“

„Wir Männer halten eben zusammen“, meinte Gunter. „Ob mit zwei oder vier Bei . . . auh! Diesmal hat's mich erwischt.“

„Das war ich“, freute sich Locke.

„Danke!“ Helga blies ihr ein Kußhändchen zu.

★

Die Dunstglocke über der Stadt war nicht so leicht zu verwehen, die Abendsonne nicht ohne Grauschleier.

Jörg Heldt schloß sein Apartment auf. Es war teuer, chic und umgeben von einer Geräuschkulisse, die auch stabilste Nerven zerfetzt.

Er hängte seinen Blazer in die Diele. In der Kochnische nahm er die Flasche Schnaps aus dem Eisschrank. Er trank ohne Glas. Er schluckte schnell.

Angenehm taumelig ging er in den Wohnraum. Er warf die Kleider ab, nahm das Lexikon aus der Regalwand und klappte es auf. Zwischen den Seiten 254/55 steckte seine Barschaft. Er zählte dreimal; aber es wurde nicht mehr: 860 Mark. Verdammt wenig.

„Egal!“ murmelte er. „Heute gehe ich noch aus. Ich habe Hunger, verdammt. Später, wenn ich abgebrannt bin, kann ich die Tussi anpumpen.“

Er machte sich stadtfein und verließ seine Wohnung.

Im Lift duftete es umwerfend nach Parfum. Er drückte den Parterre-Knopf, lehnte sich an die Spiegelwand und schloß die Augen. Er versuchte sich das Mädchen vorzustellen, das hier seine Parfumspur hinterlassen hatte. Bestimmt war sie dunkel und rassig, jung und anschmiegsam.

In der Halle, hoffte er, würde er sie noch sehen. Aber die Halle war leer.

Er landete im City-Grill. Als er an der Eßbar saß, fiel ihm ein: Er hatte schon gespeist. Trotzdem! Er bestellte Räucherlachs-Toast und Bier. Es war unterhaltsam, die Leute zu beobachten. Überall herrschte drangvolle Enge. Vom Beinahe-Penner bis zum Top-Manager war alles vertreten.

Er zündete eine Zigarrette an – die erste heute; im nächsten Moment hob er schnuppernd die Nase.

Das Parfum, natürlich! Dasselbe Parfum, das er im Lift gerochen hatte. Freilich wird Parfum nicht exklusiv und als einzige Flasche verkauft, aber auf seine Nase konnte er sich verlassen: Dieser Duft war ganz selten.

Er spürte noch die Bewegung, mit der sie rechts neben ihm auf den Hocker geklettert war. Würde sie seiner Vorstellung entsprechen: dunkel, rassig, anschmiegsam?

Er hob den Blick vom Räucherlachs und sah in den Spiegel hinter der Bar.

Jeder Hocker war besetzt. Er und sie neben ihm gehörten offensichtlich zusammen, leider. Zum Teufel mit dunkel, rassig und anschmiegsam!

Siebenunddreißig mußte ich werden, dachte er, und hierher kommen, um meinem Typ zu begegnen. Wenigstens weiß ich jetzt, wie mein Traum aussieht.

Die Frau war Mitte oder Ende Zwanzig. Sie trug Jeans und einen lustigen Pullover. Knisternd wischte Kupferhaar über die Schultern. Ihr Blick hatte ein rauchiges Blau.

Schade, dachte er, daß der Dicke sie gekascht hat. Geld muß er haben, was könnte er sonst bieten außer Haarausfall, Speck und pfeifender Kurzatmigkeit.

Jörg widmete sich wieder dem Toast.

Christine und Alfred Wagner hatten bestellt und aßen jetzt schweigend, was bei Alfred nicht gleichbedeutend mit Geräuschlosigkeit war. Außerdem aß er viel: Suppe, Vorspeise, Hauptgericht, den größten Eisbecher, dazu Wein.

Christine aß wenig. Durch ihre seidigen Zwei-Zentimeter Wimpern hatte sie Jörgs Blicke bemerkt. Ihr gefiel dieser

braunblonde Kerl! Wie der aussah! So hatte sie sich den Piraten-Kapitän vorgestellt, wenn sie als kleines Mädchen Seeräuber-Geschichten las.

Sie schielte zur Seite, auf Jörgs Hände. Die waren nervig. Himmel, dachte sie, und ich habe mich an diesen Fettsack gehängt, der jetzt vor der Pleite steht. Hoffentlich schafft er wenigstens die Millionen ran.

Jörg bezahlte und rutschte vom Hocker. Scheinbar unabsichtlich berührte er Christines Arm. Mit gemurmelter Entschuldigung lächelte er in ihre rauchblauen Augen.

Leider kann kein Blick Telefonnummer und Adresse signalisieren. Sonst hätte er jetzt alles gewußt.

Er trat in den Abend. Die Luft war lau. Langsam schlenderte er heimwärts.

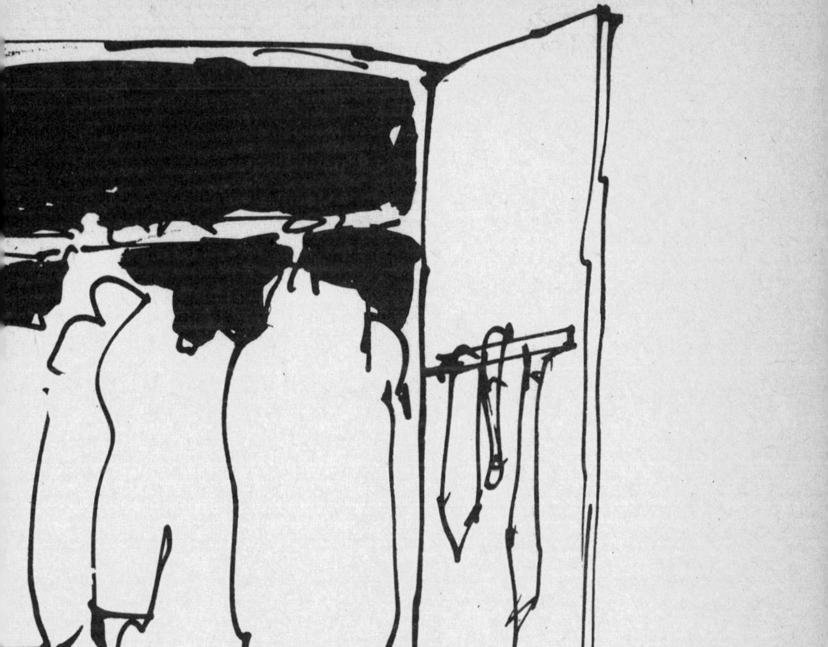

Seine Gedanken beschäftigten sich mit der Frau. Sie gefiel ihm. Und wie! Aber eine wie die war verwöhnt. Eine Superschnecke durfte Ansprüche stellen.

Nichts könnte ich ihr bieten, dachte er. Außer meinen gesunden Zähnen. Ob ihr das genügt? Aber . . . Klar! Wenn es mir gelingt, diese Paula Woretzki zu erpressen, sieht alles anders aus. Mit 400 000 Mark in der Tasche pfeife ich auf Margot Cordelius und knöpfe dem Dicken die Tussi ab. Aber das Geld muß erstmal her. Ich muß ihr Dampf machen, der Woretzki.

Er beschleunigte den Schritt.

In seinem Apartment holte er eine Pappschachtel aus dem Kleiderschrank. Grinsend nahm er das Goldkettchen heraus. Der herzförmige Anhänger blinkte im Lampenlicht.

*Markus Köhler*

Wie eine Hundemarke, dachte er. Aber aus Gold. So gehört sich's für die Geldsäcke. Warum auch nicht?

Die Babywäsche, Hemdchen und Höschen, war ordentlich zusammengelegt.

Er griff zum Telefon, wählte Paula Woretzkis Nummer und schob die Zunge zwischen Unterlippe und Zähne. Mit Daumen und Zeigefinger hielt er sich die Nase zu. Das veränderte die Stimme. Sie klang jetzt, als hätte er 'nen Sockenschuß *(übergeschnappt)*. Aber die Frau ließ sich trotzdem einschüchtern.

„Paula Woretzki", meldete sie sich.

„Ich bin's", grunzte er. „Haben Sie die Hütte verkauft?"

„Das . . . das . . . Nein! . . . So schnell . . . geht das doch nicht" stammelte Paula.

„Machen Sie Tempo! Sonst verkaufe ich das Zeug an jemanden, der den passenden Sohn hat. Dann wird ein anderer als Markus Köhler den Zaster kassieren. Klar?"

Paula schwieg. Aber ihr Seufzer hätte einen jungen Felsen erweicht.

„Haben Sie die Polizei reingezogen?" fragte er.

„Nein. Ich . . . halte mich an Ihre Weisungen. Aber . . . es wird eine Weile dauern, bis ich mein Haus verkauft habe."

„Tempo! sage ich. Tempo! Und wenn der Erlös nicht reicht, dann den Rest von der Bank pumpen. Vergessen Sie nicht, daß Ihr Sohn dann der reichste Mann der Stadt wird. Ich melde mich wieder."

Er legte auf, grinste, zog die Zunge zurück und nahm die Fingerklemme von der Nase.

Die Tante spurt, dachte er. Das Geld rieche ich schon.

Aber Margot Cordelius würde alles versuchen, um die Sachen zurückzuholen. Also mußte er sie verstecken. Wo?

Er nahm eine Plastikschüssel aus dem Eisschrank und den Deckel ab. Sonst bewahrte er Fleisch darin auf. Er legte die Schachtel hinein, breitete ein paar Salatblätter darüber, drückte den Deckel drauf und war zufrieden.

Die Schüssel wurde ins Gefrierfach gestellt.

# 6. Beschuß mit Stahlkugeln

Locke hatte Mausi versorgt. Mit einer zusammengerollten Gummimatte begab sie sich dann in den Garten. Die Abenddämmerung hing zwischen Büschen und Bäumen. Laue Luft schien aus jeder Richtung zu strömen, Glühwürmchen flogen, und dem Abend war anzumerken, daß er zu einem Samstag gehörte. Ein besonderer, also.

Zwischen einem Stachel- und einem Johannisbeerbusch breitete Locke die Matte aus. Nicht um hier zu übernachten, sondern um sich bei ihren Yoga-Übungen von den Glühwürmchen bewundern zu lassen.

Gelenkig verknotete sie ihre Gliedmaßen zu abenteuerlichen Positionen, weil das die Drüsen anregt und den Blutstrom mal hierhin, mal dorthin lenkt.

Mike pflegte blöde Witze zu reißen, wenn er ihr zusah. Jetzt war er außerhäusig, vermutlich bei irgendeiner Supermutter – natürlich nur, um fürs Abi zu pauken . . .

Gunter, der Haushaltsvorstand, interviewte *(befragte)* einen Bundesminister, der heute in der Stadt weilte und vor erlauchten Leute eine Rede hielt.

Der Inhalt der Rede war bekannt, aber so hohl und abgeleiert, daß man nur den Hut ziehen konnte vor der Leistung, in zweieinhalb Stunden mit vielen Worten nichts zu sagen.

Gunter wollte mit harten Fragen eine klare Stellungnahme aus dem Berufspolitiker rauskitzeln. Das konnte sich bis in die Nacht erstrecken, und Helga hatte ihren Beziehungselch aus Interesse begleitet.

Während sich Locke mit Ustrasana *(Kamel-Streckung)* rücklings verbog, lauschten ihre kleinen Ohren durch die Terrassentür ins Haus.

Wann rief Tom denn endlich an?

In diesem Moment schrillte das Telefon.

Aus dem Kamel wurde Locke. Die Glühwürmchen staunten, wie rasch das ging. Sie hüpfte zum Rohr.

„Ja? Tom?"

Feindseliges Schweigen dröhnte in der Leitung. Am anderen Ende grunzte ein Atem. Es klang nach wütendem Kamelhengst. Locke spürte sofort: Tom war das nicht.

„Aha!" knarrte eine Stimme. „Nina Rehm?"

„Ja."

„Die Sache ist so: Ich gebe auf."

Es war ein Mann. Aber er verstellte die Stimme. Sie knarrte, als hätten die Kiefer Rost angesetzt.

„Wer spricht dort?" fragte sie. Und dachte: Könnte Schäwig sein. Was will er?

„Das kann ich dir nicht flüstern, Puppe", knarrte die Antwort. „Sonst sitze ich morgen im Knast. Jedenfalls gebe ich auf. Ist mir zu riskant – das mit den Markus-Köhler-Klamotten. Wohl doch 'ne Nummer zu groß für mich. Hab Schiß. Wenn die Bullen an mich rankommen – nee. Deshalb gebe ich die Sachen zurück."

„Was Sie Paula Woretzki gestohlen haben?"

„Ob ich's gestohlen habe, oder ob die Klamotten auf andere Weise zu mir gelangt sind, spielt keine Rolle. Ich will sie loswerden."

„Ist ein starker Entschluß", lobte Locke. „Gäbe es einen Orden für Einsicht, würde ich Sie vorschlagen. Schicken Sie die Sachen zurück – an Frau Paula Woretzki! Dann können Sie wieder ruhig schlafen."

„Zurückschicken? Nee! Ich geb' sie zurück. Aber nicht der Woretzki. Sondern dir, Puppe."

„Warum mir?"

„Ich habe gehört, daß du dich für die Woretzki einsetzt wie eine Katzenmutter für ihre Jungen. Außerdem bist du 'ne nette Maus."

„Was denn nun: Katzenmutter oder Maus? Egal. Ich nehme die Sachen entgegen. Wann kommen Sie her?"

„Zu dir? Nee! Damit dort die Bullen warten. Willst mich wohl verladen? Wir treffen uns um Mitternacht. An einem neutralen Ort, den ich voll im Griff habe – ich meine, unter Kontrolle. Sollte irgendwo ein Bulle rumhängen, siehst du von mir keinen Schatten. Dann vernichte ich die Köhler-Klamotten."

„Ich komme ohne Polizei."

Unbehagen spazierte wie Schüttelfrost über Lockes Samthaut.

„Gut."

„Wohin?"

„Zum Westfriedhof. Den habe ich unter Kontrolle."

„Westfriedhof?" Ihr stockte der Atem. „Da wäre mir eine andere Botanik *(Gegend)* lieber."

„Zum Westfriedhof, sage ich. Oder du kannst die Sache vergessen. Kennst du das schwarze Grab?"

„Kenne ich."

„Dort warte ich, sobald ich weiß, daß du allein kommst."

„Ich werde ohne Polizei kommen, aber nicht allein. Das können Sie nicht verlangen. Ich grusele mich leicht. Und woher soll ich wissen, daß Sie nicht ein ganz übler Macker sind und mir meinen Strohhut wegnehmen. Deshalb bringe ich meinen Freund mit: Tom Conradi."

Sie erwartete scharfen Protest, sah sich aber getäuscht.

„Gut. Bring ihn mit."

Er legte auf.

Befremdend! dachte sie. Weshalb sollen wir zu diesem entlegenen und schaurigen Ort kommen? Fühlt der Kerl sich dort sicher? Warum schickt er die Sachen nicht per Post? Wenn das eben Schäwig war, müssen wir sehr auf der Hut sein. Denn der haßt uns wie Fußpilz und Seuchen.

Dieser Meinung war auch Tom, als sie ihn telefonisch verständigte.

★

Eine Kirchturmuhr schlug Viertel vor Zwölf, als sie ihre Roller an der Mauer abstellten. Sie begrenzte den Friedhof.

Eine endlose Straße zog sich stadtauswärts. Nur wenige Lichtpeitschen brannten.

Kein Stern erhellte die Nacht. Auch der Halbmond versteckte sich hinter Dunstschleiern. Die Luft war schwül. Locke fröstelte trotzdem. Sie trug ihren Strohhut – aus alter Gewohnheit – ansonsten dunklen Rock und dunkles T-Shirt, um in der Nacht nicht wie ein Glühwürmchen zu leuchten.

Tom hatte sich vom Hals bis zur Ferse in Jeansstoff gehüllt und legte jetzt den Arm um seine Freundin.

„Wir haben noch Zeit. Ist nicht weit bis zum . . . Weißt du eigentlich, warum die Ruhestätte schwarzes Grab heißt?"

Sie schnatterte mit den Beißerchen.

„Papi hat's mir erzählt. Grabschänder bemalten den Grabstein mit schwarzer Farbe. Wohl aus Rache. Man nimmt an, daß es Ganoven waren, weil dort ein Richter – der Vorsitzende eines Schwurgerichts – liegt. Seine Nachfahren ließen den beschmierten Stein entfernen und einen andern aus schwarzem Marmor setzen. Den hätten die Grabschänder weiß anmalen können. Aber es ist nichts mehr passiert."

Schwarz paßt, dachte Tom. Ist unsere würdigste Farbe. Die Roben der Richter sind schwarz, die Trauerfarbe ist schwarz und das Gefieder der Krähen. Nur wenn sich's um Fingernägel handelt, entbehrt das Schwarz der Würde.

Ein eisernes Gittertor verschloß einen der Seiteneingänge. Tom stemmte Locke hinauf. Sie konnte hinüber klettern und ließ sich auf der anderen Seite hinunter.

„Komm schnell", flüsterte sie durchs Gittertor. „Mir ist nicht geheuer."

„Gruselig wird's erst um Mitternacht", lachte er und schwang sich hinüber.

Der Friedhof war riesig, jeder Weg numeriert. Ohne die Grabsteine und Kreuze hätte der Gottesacker wie ein Park gewirkt – mit vielen Ziersträuchern, Ulmen, Weiden, Hekken und Lebensbäumen. Blütenduft schwebte in der Luft – und der Geruch frischer Erde.

Sie folgten einem Weg.

„Wir haben die Taschenlampe vergessen“, fiel Tom ein. „Blöd! Ich habe zwar Streichhölzer, aber das ist nicht dasselbe.“

„Findest du dich zurecht?“

„Dort ist die Leichenhalle! Siehst du das Gebäude? Rechts den Weg rein – gleich unter den Bäumen ist das schwarze Grab.“

„Dieser Idiot hat geglaubt, ich käme allein hierher!“

„Ich meine, der wußte, daß du mich mitbringst. Ich frage mich nur, ob er wirklich die Sachen zurückgibt.“

„Oder wir laufen in eine Falle. Schäwig ist zuzutrauen, daß er auf Rache sinnt. An Gunter traut er sich nicht ran. An die Polizei noch weniger. Aber uns hält er für Opfer. Ich habe ihn beschimpft. Klatscht er mich, trifft er auch meinen Vater. Und du bist sowieso ein Typ, der den Ganoven auf den Geist geht.“

„Ich gehe ihnen sogar an die Gurgel, wenn sie dir eine Falle stellen. Pst! jetzt! Wir nähern uns.“

Sie gingen an der Leichenhalle vorbei.

War dort ein Verstorbener aufgebahrt? Lag dort jemand in seinem Sarg?

Locke konnte kaum atmen. Sie horchte auf den Nachtwind, der Blätter und Halme bewegte. Stimmen schienen zu wispern. Aber kein Käuzchen schrie, was leider daran liegt, daß Strix aluco *(Waldkauz)*, Glaucidium passerinum *(Sperlingskauz)*, Aegolius funereus *(Rauhfußkauz)*, Bubo bubo *(Uhu)* und Athene noctua *(Steinkauz)* zu den stark gefährdeten Vögeln gehören und immer seltener werden. Trotz tierschützerischer Maßnahmen hört man kaum noch den Ruf dieser Eulen.

Locke mußte daran denken, daß der Westfriedhof auch bei Tage immer mehr von seiner Gemütlichkeit einbüßte. Handtaschendiebe lauerten hier, um Omis und Tanten zu berauben, wenn sie die Gräber ihrer Verblichenen pflegten.

Sie gingen den Weg, der unter die Bäume führte.

Tom trat lautlos auf. Lockes Sandalen quietschten leider.

Das schwarze Grab war eine Grabstätte – sollte mal ein Familiengrab werden.

Rechts und links des vor Jahren verstorbenen Richters war noch genug Platz für Verwandte. Indes hatte noch keiner davon Gebrauch gemacht. Der schwarze Stein beschirmte nur eine einzige Ruhestätte, die reich bepflanzt war. Zu beiden Seiten wuchs grüner Rasen auf dem Boden, wo früher oder später die anderen Gräber entstehen sollten.

Bäume umstanden die Stätte. Aber ihre Zweige reichten nicht weit. Kein Dach wölbte sich über dem Grab.

Ein wenig hatte der Himmel seine Dunstschleier verdünnt. Der Halbmond spendierte einen matten Strahl.

Das genügte, um die Botanik rund ums schwarze Grab zu erhellen.

Locke und Tom standen hinter einem Busch. Was sie sahen, wirkte gespenstisch.

Zwei dunkle Gestalten verharrten hinter dem Grabstein. Daneben stand ein Kinderwagen mit aufgespanntem Verdeck.

„Haben die einen in der Hacke?" flüsterte Tom. „Zu zweit und mit Kinderwagen! Sind wir hier auf dem falschen Friedhof? Oder wollen die uns linken *(hereinlegen)*?"

„Ich erkenne die Typen nicht. Nur Umrisse."

„Mehr sollen wir auch gar nicht erkennen. Ich melde mich mal."

Er legte die Hände zum Trichter zusammen und vor den Mund.

„Hallo, ihr Popper, Punker oder so! Wir sind da."

Gleich öffnen sich die Gräber, dachte Locke. Denn vom fernen Kirchturm hallte es Mitternacht.

Das brachte Leben in eine der beiden Gestalten. Das – oder Toms Begrüßung.

Mit drei Sätzen verschwand der Typ hinter Büschen. Der

ffflll itschsch–

Kling

andere blieb, rührte sich so wenig wie der Grabstein und hatte die Arme seltsam steif zu den Seiten gestreckt.

„Verstehst du das?" wisperte Locke.

„Noch nicht. Vielleicht soll der zweite den Rückzug sichern. Warte hier! Ich pirsche mal an."

Sie machte sich klein, hielt mit beiden Händen den Strohhut fest und beobachtete, wie Tom von Busch zu Busch huschte.

Auf den letzten Metern bot sich kein Versteck. Er trat aus dem Schatten der Bäume.

„Da bin ich, Mufti *(Möchte-gern-Chef)*. Wo sind nun die Sachen? Wir . . ."

. . . fflllitschschsch . . . klinnnggg . . .

Splitter spritzten vom Grabstein. Die Stahlkugel – oder was es auch war – prallte ab, knallte gegen das Kinderwagenverdeck und fiel auf die Friedhofserde.

In derselben Sekunde warf sich Tom auf den Bauch.

„Vorsicht, Locke! Der schießt mit 'ner Schleuder."

Schon zischte das zweite Geschoß durch die Nachtluft. Tom spürte den Lufthauch und zog die Rübe ein. Aber er sah die Bewegung hinten bei den Büschen. Vor seiner Nase lag ein faustgroßer Stein.

Tom schnellte auf die Knie hoch. Der Stein sauste durch die Nachtluft und fand sein Ziel.

Ein schriller Schrei verkündete den Treffer.

Büsche knackten, Zweige brachen. Es hörte sich an, als wäre ein Wildschwein unterwegs.

Tom hechtete am Grabstein vorbei auf den zweiten Kerl zu, der sich auch jetzt noch nicht rührte.

Dem werde ich . . .!

Verblüfft blieb er stehen. Nur noch zwei Meter trennten ihn von der – Vogelscheuche.

Es war ein Holzgestell, bekleidet mit alten Klamotten. Den Kopf ersetzte ein Fußball, der nur noch die Hälfte der Luft enthielt. Eine Schirmmütze diente ihm als ‚Kopfbedeckung'.

Tom sah in den Kinderwagen. Er war alt, stammte vermutlich von der Müllkippe. Selbst ein anspruchsloses Baby hätte es weit von sich gewiesen, diesen vierräderigen Untersatz zu benutzen.

Eine alte Puppe lag darin. Tom nahm sie heraus. Ein Zettel war ihr angeheftet. Mit schwarzem Filzschreiber waren zwei riesige Buchstaben gemalt: M K

„Sehr witzig!" murmelte Tom.

Hinter ihm knirschte Kies.

„Mich trifft der Hammer", flüsterte Locke. „Ich dachte, warum pfeift der Kerl nicht durch die Socken *(abhauen)*. Jetzt sehe ich's. Ist ja'ne abgespitzte *(hinterlistige)* Show."

„Er wollte uns eins an die Rübe ballern. Also doch Rache. Schäwig war's. Das ist sicher. Schade, daß ich nicht gleich hinterher bin. Jetzt ist es zu spät."

„Ich bin entsetzt. Kann denn einer so nachtragend sein? Der hat einen fiesen Charakter."

Tom suchte den Boden ab und fand eine Stahlkugel.

„Wenn mich die getroffen hätte, wäre ich jetzt auf dem Weg ins Krankenhaus. Schäwig, das verzeihe ich dir nie. Morgen ist Sonntag. Das heißt, kalendarisch *(nach dem Kalender)* sind wir bereits soweit. Jedenfalls, Locke, hauen wir ihm morgen die Puppe um die Ohren, daß er denkt, es hagelt Felsen."

„Wenn wir uns jetzt beeilen, liegen wir vielleicht im Bett, bevor unser Eltern-Paar eintrifft. Das hinterließe einen günstigen Eindruck."

„Sowas ist immer gut", lachte er. „Sonst kriegen wir noch Hausarrest – zu unserer eigenen Sicherheit."

„Aber erst räumen wir hier auf."

An der nächsten Ecke entdeckten sie einen Container *(Großbehälter)* für Abfall, Unkraut und verwelkte Kränze.

Die Vogelscheuche und der Kinderwagen paßten hinein. Dann rollerte das Pärchen spornstreichs nach Hause.

Locke lag gerade zwei Minuten unter der Decke, noch bibberig vor Aufregung, aber mit geputzten Zähnen, als Gunter heimkehrte, leise das Haus betrat, noch leiser Lockes Tür öffnete und sich davon überzeugte, daß sie schlief und angenehm träumte.

„Hallo, Papi!“ gähnte sie vorwurfsvoll und rieb sich schlaftrunken die Augen. „Du kommst aber spät.“

„Habe ich dich geweckt? Tut mir leid.“

Er kam ans Bett und erhielt seinen Gute-Nacht-Kuß auf die Wange, wo Helga schon Lippenstiftspuren hinterlassen hatte. Aber im Dunkeln sah man das nicht.

# 7. Das Foto aus der Verbrecherkartei

Christine wachte auf. Durch den flaschengrünen Vorhang sickerte Morgensonne. Noch war es kühl im Zimmer. Neben ihr schnarchte Alfred. Wie er so dalag und ihm das fette Gesicht zur Seite rutschte – weiß Gott kein erfreulicher Anblick für ein zartes Gemüt.

Sie stand leise auf und huschte ins Bad.

Als sie zurückkam, saß Alfred auf dem Bettrand. Sein weinroter Pyjama war verschwitzt.

„Du bist schon auf, Schnucki?"

„Klar. Morgen, mein dicker Fisch."

„Ich fahre nachher."

„Und du brauchst viel Kraft heute. Du kriegst ein Frühstück wie ein Olympia-Sieger."

Mit flacher Hand prüfte er die Bartstoppeln.

„Mein Plan ist erstklassig, nicht wahr? Mein Plan klappt. Gewissensbisse – ich kriege keine. Berthold war schon immer ein Laschi. Meine Tüchtigkeit hat er nicht. Der Tüchtige schreckt auch vor harten Sachen nicht zurück. Wenn ich mich einsetze", er grinste selbstgefällig, „dann richtig. Mit kleinen Betrügereien im Grundstücksgeschäft hält sich mein Genie nicht auf."

Sie stand am Kleiderschrank und drehte sich um. Selbstironie? Oder meinte er es ernst? Ihr Blick prüfte sein fettes Gesicht. Nein, es war ihm bierernst. Alfred glaubte, was er sich in die Tasche log. Für sein Versagen würde er immer Entschuldigungen finden.

Vielleicht muß es so sein, dachte sie. Wie könnte sich ein Versager akzeptieren und mit dem Bewußtsein leben!

„Aber du bist vorsichtig, Alfred."

„Wirst deine Freude an mir haben."

„Das habe ich auch so. Stünde uns nicht das Wasser am Hals, brauchtest du mir mit solchem Coup nichts zu beweisen."

„Zum Frühstück bitte vier Eier!" Er stemmte sich hoch und marschierte zum Bad. „Ist von der Wildpastete noch was da?"

„Fast die Hälfte."

Er lächelte. Das Wasser lief ihm im Mund zusammen. Beinahe hätte er gesagt: Du machst dir ja nichts daraus. Gott sei Dank!

Christine zog sich rasch an, deckte den Tisch auf der Terrasse, werkelte in der Küche und staunte über ihre eigene Ruhe.

Vielleicht wäre es anders, wenn ich es tun müßte. Aber ich bin nur Mitwisserin. Jedenfalls hat er geschluckt, daß ich hierbleibe. Meine Nerven sind dafür zu zart, und das glaubt er.

Sie frühstückten. Viel wurde nicht mehr geredet. Alles war klar. Alfred trug einen modischen Anzug, für den er nicht zu alt, aber zu dick war.

Nur die Reisetasche war gepackt. Christine begleitete ihren Mann zur Garage. Er küßte sie. Als er in den Mercedes stieg, entdeckte sie sowas wie schmunzelnden Vorgeschmack in den blaßblauen Schweinsaugen. Tatsächlich: Alfred Wagner freute sich auf den Mord.

Wieder im Terrassenzimmer umgab sie die Stille wie ein endloses Meer. Nie war es ihr so bewußt gewesen. Den ganzen Tag, die Nacht und wieder einen Tag würde sie allein sein. Allein in einer 10-Zimmer-Villa, gelegen in ruhigster Wohnstraße, fernab vom Nachbarn, den sie nicht mal namentlich kannte, allein, und die Parterre-Fenster hatten keine Gitter, die Kellertür war nicht gesichert, es gab keine Alarmanlage und keine Waffe im Haus.

„Quatsch!" murmelte sie. „Warum denn gerade bei uns? Außerdem – Einbrecher bringen niemanden um."

Als die Türglocke bimmelte, atmete sie erleichtert auf. Draußen stand Alfons Schäwig, ihr Bruder.

„Grüß dich!"

Er grinste und duckte sich etwas. Warum der immer so wirkte, als erwarte er einen Hieb ins Genick? Wahrscheinlich, weil er andere grundsätzlich von hinten schlug.

„Grüß dich, Alfons."

„Kann ich 'reinkommen, oder ist dein Alter noch da?"

Die Frage erstaunte sie, denn die beiden vertrugen sich.

„Komm 'rein."

In der Diele sah er sich um. „Bei euch wird es immer schikker."

„Kostet alles sein Geld."

„Alfred hat 's ja." Er schnüffelte in Richtung Küche. „Gefrühstückt habe ich noch nicht."

„Komm zur Terrasse, dort ist noch gedeckt. Viel hat Alfred nicht übriggelassen, aber ehe du dich aus Mülltonnen ernährst ..."

„Muß doch sehr bitten." Vertraulich grinsend stieß er ihr die Faust in die Rippen.

Die Terrasse badete im Sonnenlicht. Auf Pastetenrest, Käse und Brot saßen Fliegen. Alfons setzte sich und langte zu. Ihn störte nichts.

„Du kommst nur vorbei, um mal zu sehen, wie es mir geht?"

Grinsend strich er Pastete auf den Toast. „Du spürst, was anderen auf der Seele brennt, was?"

„In Zusammenhang mit dir kann man von Seele nicht reden."

„Wieso? Bin ich vielleicht kein Mensch?"

„Äußerlich schon."

Einen Moment schwieg er verdrossen. Dann schob er den Teller weg.

„Du wirst immer hübscher, Christine."

„Und jünger! Vergiß das nicht."

„Jünger auch. Aber in deinem Alter braucht man das noch nicht als Kompliment. Ehrlich: So was wie dich gibt's nur einmal."

Sie stöhnte. „Wird das wieder teuer. Gibst dir alle Mühe, mich auf dein Anpumpen einzustimmen. Aber dafür wirst du diesmal was tun. Hol das Tablett, räum ab und hilf mir in der Küche beim Abwasch!"

„Gern!" Er zögerte. „Aber, wo ich doch so 'n Datterich habe . . . Das kostbare Geschirr!"

„Ich müßte heute staubsaugen. Die ganze untere Etage. Geht das? Oder zittern dir auch dafür die Hände zu sehr?"

„Um dir einen Gefallen zu tun, Schwesterchen, mache ich doch alles."

Aber zunächst kam er nur in die Küche und sah ihr beim Abräumen zu.

„Sag endlich! Wieviel brauchst du?"

„Ich dachte so an fünfhundert Mark."

Sie ließ einen Teller fallen, fing ihn aber noch rechtzeitig. Dann kam er zum übrigen Villeroy- und Boch-Burgenland-Blau in den Geschirrspülautomaten.

„Wofür brauchst du das Geld?"

„Ich muß nach Berlin flie . . . fahren."

„Auch noch fliegen! Deinesgleichen sollte trampen. Sogar Alfred hat sich in den Wagen gesetzte. Acht Stunden Fahrt! Wärst du eine halbe Stunde früher gekommen, hättest du ihn begleiten können."

Natürlich wäre es unmöglich gewesen. Aber jetzt durfte sie alles behaupten.

„Nach Berlin ist er?"

Sie nickte.

„Geschäftlich?"

„Glaubst du, um sich von mir zu erholen?"

„Niemals! Ihr beiden seid ja ein Herz und eine Seele. Er frißt dich faßt. Du läßt ihn in dem Glauben, er sei ein richtiges Mannsbild."

„Das ist er, und ich mag ihn."

„Du magst sein Geld und bist klug genug, dir keinen Freund anzulachen. Spiel doch vor mir kein Theater, Schwesterlein! Ich mag's nur nicht, wenn du dich wie eine Pastorentochter aufspielst."

„Ach, halt die Klappe!"

Mit dem Daumennagel kratzte er seinen Scheitel. „Du borgst mir das Geld?"

„Ich höre immer borgen! Gut! Und was drängt dich nach Berlin?"

„Vielleicht das Geschäft meines Lebens."

„Machst du jetzt in Rauschgift, oder willst du'ner einsamen Witwe das Sparbuch klauen?"

Er legte einen Arm um ihre Schultern. „Lach nicht! Aber du bist der einzige Mensch, mit dem ich über die Sache reden kann. Wenn ich mir überlege, wie einsam man im Grunde ist – direkt sentimental könnte ich werden. Schließlich muß sich jeder mal aussprechen, nicht wahr?"

„Aha."·

Im Terrassenzimmer ließ er sich in einen Sessel fallen. Durch die Glasfront fiel Sonnenlicht herein. Ein bißchen Staub tanzte in den Strahlen.

Christine saß auf der Couch, streifte die Pantöffelchen ab und zog die Füße unter sich.

„Ich höre, Bruderherz!"

„Gibt's bei euch nichts zu trinken?"

„Du weißt, wo die Bar ist. Bedien dich bitte selbst!"

Sie sah, wie er Eiswürfel ins Whiskyglas gab, dann die Etiketten las und sich für Black Label entschied. Erst als er wieder saß, fiel ihm ein, sie nach ihren Wünschen zu fragen.

Sie schüttelte den Kopf. „Was willst du in Berlin?"

Er grinste. „Erinnerst du dich an Karl Seitz?"

„Deinen Komplicen von damals?"

„Den meine ich, Schwesterlein. Er ist aufgetaucht."

„Hier?"

„In Berlin."

Schäwig zog ein ausgeschnittenes Zeitungsfoto aus der Tasche.

„Er nennt sich jetzt Charles Keelan, ist Amerikaner geworden und hat offenbar einen Gesichtschirurgen an sich rangelassen. Jedenfalls ist er äußerlich verändert. Aber meinen Luchsaugen entgeht nichts."

Christine betrachtete das Foto. Ihr Interesse galt vor allem Belinda Smith-Keelan, der vorjährigen Miß USA.

„Der hat sich ja eine putzige Alte an Land gezogen."

Schäwig nickte. „Er ist reich. Immobilien-Makler. Sein Geld ist mit Betrug erworben, da wette ich. Ein Grund mehr, mir was abzugeben."

Sie machte große Augen. „Du willst ihn erpressen?"

„Und das nicht zu knapp", nickte er.

„Bist du denn sicher, daß er's ist?"

„Hundertprozentig. Ich habe die unveränderlichen Kennzeichen an ihm entdeckt. Drei sind's: die kleine, kreuzförmige Narbe am Kinn, die angewachsenen Ohrläppchen und die unterschiedliche Höhe der Ohren. Das rechte sitzt höher als das linke. Sieh genau hin. Stimmt's?"

Sie nickte.

„Jedes Kennzeichen für sich würde ich nicht ernst nehmen, Schwesterchen. Aber alle drei zusammen – hm? Er fühlt sich sicher. 13 Jahre sind eine lange Zeit, aber seine Verbrechen von damals sind nicht verjährt: Banküberfall mit schwerer Körperverletzung, Raubüberfälle und ein Mordversuch. Ich kann ihn auffliegen lassen. Selbst wenn er sofort 'ne Fliege macht, nützt ihm das nichts. Denn ich weiß jetzt, hinter welchem Namen und hinter welcher Existenz er sich verbirgt. Die Amerikaner würden ihn ausliefern."

„Der macht dich doch fertig, wenn du so auf ihn losgehst."

„Ich bleibe im Hintergrund. Er wird nie erfahren, wer ihm das Geld abnimmt."

„Das wäre mir trotzdem zu gefährlich."

„Du hast auch nicht mein Format. Aber du verstehst, daß ich mal kurz nach Berlin will. Kriege ich den Zaster?"

★

Gunter und Mike werkelten in der Küche. Sie bereiteten sich Brunch *(Frühstück und Mittagessen in einem)*.

Schinken bruzzelte in der Pfanne. Eier kochten. Brot wurde geröstet. Kaffeeduft zog durchs Haus. Mike ließ ein Honigglas fallen und hatte dann lange zu tun, um den gekachelten Boden zu säubern. Aber ein zweites Honigglas war vorhanden. Gunter stellte es auf den Tisch.

„Locke schläft heute lange", meinte er.

„Sie ist doch schon seit halb zehn unterwegs. Tom hat sie abgeholt."

„Ich hatte gerade die Idee, sie könnte uns helfen."

„Was hast du für Vorstellungen, Vater? Unsere Prinzessin ist nicht dafür gemacht. Hausarbeit? Eine Zumutung! Sie hat wichtigere Aufgaben. Und Tom muß mit."

Gunter lachte. Dann reckte er lauschend den Kopf.

„Ich glaube, sie kommen."

Vor dem Haus verstummten die Roller.

Locke und Tom kamen herein.

In der Diele sagte Locke: „Hier riecht es ja scheußlich. In der Küche brennt was an. Stehen Turnschuhe auf der Herdplatte? Oder kocht mein doofer Bruder Leim für die Gartenmöbel."

Grinsend trat Tom in die Küche.

„Hier sind wir richtig, Schatzi. Man will uns zum Frühstück einladen. Ich bin noch nüchtern, Stiefvater. Wenn ich was kriege, lege ich freiwillig ein Geständnis ab."

Locke wirkte etwas müde, hatte jedenfalls zarte Schatten unter den Glutaugen. Auch die Wangenfrische war einen Hauch blasser als sonst.

„Du siehst ja aus, als müßte ich dich ins Krankenhaus bringen", sorgte sich Gunter. „Tom darf mitessen. Du legst dich ins Bett."

Sie setzte sich auf die Küchenbank, hängte ihren Hut über eine Stuhllehne und kreuzte die Beine.

„Ich bin gesund wie ein Fischlein im unverseuchten Was-

ser. Aber wir ärgern uns, Tom und ich. Eben waren wir nämlich bei Schäwig. Wir wollten ihm die Puppe aufs Haupt schmettern. Aber der Kerl ist nicht da, seine Hütte dicht, der Diesel weg. Kacke!"

„Verdirb uns nicht den Appetit!" empörte sich Mike.

„Von welcher Puppe redest du?" fragte Gunter.

Tom sagte: „Wir sind für Ehrlichkeit. Und die Grundlage der zwischenmenschlichen Beziehungen aller Rehms und Conradis ist Vertrauen. Deshalb bekennen wir – als Gegenleistung für dieses frugale *(kärgliche)* Frühstück, daß wir letzte Nacht auf dem Westfriedhof waren."

„Locke war im Bett", sagte Gunter.

„Aber erst seit zwei Minuten, als du kamst", lächelte sie. „Bitte, Papilein, mach mir eine Honigmilch. Ich bin etwas müde. In meinem Alter braucht man noch viel Schlaf. Aber Tom hetzt mich erbarmungslos durch die Nächte. Ich muß um Mitternacht über Friedhöfe schleichen, und das zehrt an den Nerven."

Bedachtsam rührte Gunter eine Honigmilch. Ihn wunderte nichts mehr. Er wußte nicht, ob er lachen oder schimpfen sollte, und entschied sich, den sonntäglichen Frieden zu wahren.

Während des Frühstücks berichtete das Pärchen.

Gunter ermahnte sich, ruhig zu bleiben. Mike verdrehte die Augen.

Locke und Tom verharmlosten stark, zeigten dann die häßliche Puppe mit dem MK-Zettel und äußerten die Überzeugung, nur Schäwig könne dahinterstecken.

Gunter nickte. „Aber es wird schwer sein, das zu beweisen. Mir kam gestern die Idee, Paula Woretzkis Geschichte auf andere Weise zu überprüfen, beziehungsweise zu beweisen – denn ich bin nach wie vor überzeugt, daß Paula die Wahrheit sagt. Ich habe deshalb meinen Draht zur Kripo benutzt und alles angefordert, was über Schäwigs damaligen Komplicen Karl Seitz bekannt ist. Kommissar Greif hat mir

Fotokopien aller Unterlagen gemacht. Und auch ein Foto mitgeschickt. Die Sachen liegen in meinem Arbeitszimmer auf dem Schreibtisch. Ein brauner Umschlag. Wenn du's bitte mal holst, Tom."

Tom war nach einer Minute zurück.

„Wir prüfen gemeinsam, was drinsteht", verfügte Gunter. „Vielleicht finden wir einen Hinweis auf Alfons Schäwig oder Paula Woretzki – oder andere Personen, die bestätigen könnten, daß die drei damals ein Team *(Gruppe)* waren."

Das Material war umfangreich.

Seitz hatte zahlreiche Vorstrafen.

Aber so sehr sie auch suchten – nichts Brauchbares fand sich.

Die Unterlagen endeten mit dem Fahndungsbefehl. Seitz wurde seit damals gesucht wegen Bankraubs, schwerer Körperverletzung, Raubüberfällen und eines Mordversuchs.

Nichts war verjährt. Immer wieder betrachtete Locke das Foto.

„Ich weiß nicht, wieso. Aber der kommt mir bekannt vor. Als wäre ich ihm irgendwo begegnet."

Gespannte Gesichter sahen sie an.

Sie gähnte.

„Wenn mir was einfällt, erfahrt ihr es zuerst. Jetzt bin ich todmüde. Ich ziehe mich zurück zum Mittagsschlaf. Und wehe! – ihr lärmt!"

„Sogar die Geschirrspülmaschine müssen wir allein bedienen", stöhnte Mike.

# 8. Bekanntschaft im City-Grill

Alfred Wagner schwitzte wie ein Affe. Der Tag war heiß. Die Sonne pfefferte ihre Speere aufs Dach des Mercedes.

Bald flimmerte es ihm vor den Augen. Um ein Haar wäre er auf einen Lastwagen aufgefahren. Vollbremsung in letzter Sekunde! Noch jetzt hatte er den Geruch verschmorten Gummis in der Nase.

Am Grenzübergang herrschte wenig Betrieb. Verhältnismäßig schnell wurde er abgefertigt. Dann begann die nervenaufreibende Langsamfahrt über die schlaglochreiche DDR-Autobahn. Stur fuhr er hundert, keinen Kilometer schneller. Er hielt sich an jedes Gebotsschild. Fehlte noch, daß er wegen einer Lappalie Ärger kriegte und ihm dadurch alles verdorben wurde.

Er sah auf die Uhr. Es war noch nicht Mittag. Ihm blieb reichlich Zeit. Er machte eine Pinkelpause, erfrischte sich mit Eau de Cologne-Papiertüchern. Am liebsten hätte er geduscht. Hemd und Wäsche waren durchweicht. Daß er so schwitzte, lag nicht nur an der Hitze. Die Nerven schwitzten mit.

Weißenfels, Leipzig, Halle, Bitterfeld, Dessau – er las die Schilder, fuhr noch langsamer, paßte auf wie ein Luchs. Punkt ein Uhr wollte er Coswig passieren. Er mußt Ausschau halten nach dem alten Wartburg mit dem Wittenberger Kennzeichen. Vor allem die Vopos *(Volkspolizisten)*! Daß die um Himmels willen nichts merkten!

Auf die Minute genau kam er an der richtigen Stelle vorbei.

Er sah den Wartburg. Er sah das Kopfnicken des Fahrers. Er mäßigte das Tempo noch mehr und rollte langsam voran.

Nach zwölf Minuten erspähte er den Parkplatz. Er war von Kiefern umgeben. Dicht stehende Bäume umsäumten die Einfahrt, verstellten den Blick, machten das Unternehmen fast risikolos.

Alfred rollte zu einer Stelle, die von der Autobahn nicht eingesehen werden konnte. Er hielt, zog sein Taschentuch hervor, tupfte sich Schweiß von Stirn und Nacken.

Im Rückspiegel sah er den Wartburg. Der Wagen stoppte in unverdächtigem Abstand, der Fahrer stieg aus.

Alfred stemmte sich ins Freie, nickte, trat unter die Bäume, folgte dem schmalen Pfad, bis Büsche schützten. Fliegen stoben hoch. Die Luft waberte.

Meinen Brief hat er rechtzeitig gekriegt, dachte Alfred. Und er hat begriffen, was ich ihm verschlüsselt mitteilte. Er ist hier. Alles klappt. Wunderbar!

★

Geduld gehörte nicht zu Jörgs Tugenden. Der Nachmittag zog und zog sich. Margot Cordelius verspätete sich wieder einmal. Das verschob den Zoff *(Ärger)* nur.

Jörg hatte sich endgültig entschlossen, sie abzuhalftern. Er konnte es nicht riskieren, daß sie ihn störte, wenn er Paula Woretzki erpreßte.

Endlich kam Margot. Er begrüßte sie kühl.

„Ich habe noch mal über uns nachgedacht, Margot."

„Wenn du denkst, mein Kleiner, kommt meistens nichts Vernünftiges dabei 'raus."

„Wie meine kleinen grauen Zellen funktionieren, dürfte dir bislang entgangen sein, was? Dafür hat Margot Cordelius keine Antenne."

Sie gähnte herzhaft.

„Hast du auch geschlafen?" erkundigte sie sich, scheinbar gelangweilt, aber mit hellwachem Ton in der Stimme.

„Margot! Ich bin zu demselben Ergebnis gekommen wie gestern vormittag. In deinem und meinem Interesse: Wir trennen uns. Laß es genug sein mit dem, was war."

„Wohl übergeschnappt, mein Kleiner?"

„Ich meine es ernst."

„Reden wir von was anderem."

„Margot, du kannst dich nicht so erniedrigen! Eine Frau wie du hängt sich an keinen Mann."

Obwohl ich weiß, was dahintersteckt! dachte er.

„Du vergißt, daß ich dich in der Hand habe. Wenn ich dich nicht halten kann, kriegt dich auch keine andere."

„Du würdest mich tatsächlich anschwärzen?"

„Anschwärzen? Verpfeifen! Verzinken, oder wie man da sagt. Du wärst zuchthausreif. Und wenn sie dich verknakken, sitze ich in der ersten Reihe und klatsche Beifall."

„In Gerichtssälen ist sowas nicht üblich", erklärte er milde.

Er stand auf und betätigte den Fußschalter der Studioleuchte. Kalkiges Licht fiel auf den Teppich. Das Zimmer wurde hell.

Margot kniff die Augen zusammen. Ihr Gesicht war wütend.

„Ein Miststück wie dich muß man mit den eigenen Waffen schlagen", sagte er. „Deshalb zum letzten Mal: Hau ab! Ich will dich nicht mehr sehen!"

Sie stand auf, ging zum Sessel, nahm ihre Tasche, sah kurz in den Spiegel und wandte sich zur Tür.

Die eisige Stille wirkte unheimlich.

Er hörte, wie ihr Seidenkleid raschelte, als sie durch die Diele ging.

Die Tür fiel ins Schloß – mit sattem Schmatzen, war nicht mal zugeknallt worden.

Er lief hinterher, horchte am Holz. Ja, sie holte den Lift hoch, stieg jetzt ein; dann ging es leise surrend abwärts.

Vom Fenster beobachtete er, wie sie die Straße hinabschritt – zu ihrem Wagen, der entfernt parkte. Sie hielt sich aufrecht und steif, sah weder rechts noch links und nicht in die Schaufenster.

Er rieb die feuchten Handflächen am Taschentuch ab.

Was ist nun? Habe ich gewonnen oder alles vermurkst? Gibt sie auf, oder unternimmt sie was? Ist sie am Boden zerstört, oder beginnt jetzt der Racheplan?

Weiß Gott, er hatte es sich anders vorgestellt. Zumindest, daß er wußte, woran er mit ihr war.

Es wird Zeit, dachte er, mich jetzt auf die Zukunft zu besinnen. Bis jetzt ging's ohne Job. Aber was ich an Kohlen noch habe, reicht knapp einen Monat. Bis die Woretzki ihr Haus verkauft hat, um mich zu bezahlen – das kann noch lange dauern. Solange muß ich leben.

Trotzdem kam Einschränkung nicht in Frage.

Kurz vor halb elf trat er auf die Straße. Als er sich in den Porsche setzte, war ihm klar: Lange würde er ihn nicht mehr fahren. Am besten, er inserierte gleich morgen. Dann konnte er seine Schulden abdecken und behielt noch was übrig.

Eine Weile fuhr er ziellos, sehr darauf bedacht, keinen Kratzer zu machen.

Lauer Wind wehte zum Ausstellfenster herein. Der Himmel war nachtblau, sternglitzerig und wie Samt. Keine Nacht zum Schlafen, eine Nacht für Abenteuer. Zumindest um in Biergärten zu sitzen. Auch er mochte das, wenn der Wind in Blättern wisperte und Laternen das Grün beleuchteten. Kühle kroch dann unter den Tischen die Beine herauf. Bier schmeckte. Irgendwo fiel ein Betrunkener vom Stuhl. Am Nebentisch schlug jemand das Gebiß in frische Bratwürste, und die Gemütlichkeit stimmte.

Immer noch fuhr er ziellos umher. Daß er in der City landete, war kein Zufall.

„Wie ein sentimentaler Affe", knurrte er sich an. „Fehlt nur noch, daß ich jetzt zum City-Grill gehe."

Sie würde nicht dort sein, die Hübsche. Wieso auch? Die war zu Hause und verwöhnte ihren Dicken.

Er sah eine Parklücke und glitt hinein.

Als er beim City-Grill über die Steinplatten ging, fühlte er sich wie auf dem Weg zum Rendez-vous. Er sah durch die Scheiben. An der Eßbar herrschte Betrieb.

Er blieb stehen, ehe er den Eingang erreicht hatte.

Eine Halluzination *(Sinnestäuschung)*?

Er verzichtete darauf, sich die Augen zu reiben.

„Jetzt beginne ich, ans Schicksal zu glauben“, murmelte er.

Er trat durch die Glastür.

Diesmal saß sie nicht an der Eßbar, und sie war auch nicht mit ihrem dicken Begleiter gekommen. Der Tisch war klein, der Stuhl gegenüber noch frei.

Jörg zögerte, spürte zum ersten Mal sowas wie Hemmungen. Scheinbar suchend blickte er umher. Sein Blick streifte sie. Und er las in ihren Augen. Es verschlug ihm den Atem.

Spinne ich, oder kann man das tatsächlich aus blauen Pupillen lesen? Wie die mich ansieht! Gibt es das? Heißt das nicht: Ich habe gewartet. Ich wußte, du kommst.

Er machte einen Schritt und lächelte. „Entschuldigung, ist der Platz noch frei?“ Sie nickte.

Er setzte sich, sah an ihrer linken Schulter vorbei und wartete, bis die Hände ganz ruhig waren. Er griff zur Speisekarte. Aber dann beugte er sich vor und sah ihr in die Augen.

„Warten Sie auf Ihren Begleiter?“

Sie war kein bißchen überrascht. „Nein.“

„Ist es aufdringlich, wenn ich Sie einlade? Zu allem, was Sie wollen!“

„Ich bin bescheiden“, sie lächelte, „ein Glas Wein vielleicht und einen kleinen Imbiß.“

„Gern.“ Er verbeugte sich etwas. „Mein Name ist Jörg Heldt.“

„Ich hatte auf Peter, Wolfgang oder Christoph getippt.“

„Mein Erbonkel hieß Jörg, und meine Eltern spekulierten sehr darauf. Das Grundstück wurde dann einer ledigen Tante vermacht. Was an beweglichen Werten vorhanden war, hat der alte Jörg noch verpulvert, bevor ihn der Schlag traf.“

Sie lachte. „Alles umsonst. Aber ich finde Jörg nett.“

„Darf ich bei Ihnen raten? Sabine, Gaby . . .“

Sie verneinte lachend, und der Kellner störte ihn.

Nach der Bestellung riet er weiter, kam aber nicht darauf. Sie nannte ihren Namen, und er entdeckte den blassen Hautstreifen am rechten Ringfinger.

Verheiratet! Er fühlte einen Stich in der Magengrube. Enttäuscht? Mensch! Seit wann ist dir das nicht piepegal?

„Ich muß Ihnen was gestehen, Christine. Ich darf Sie doch so nennen? Daß ich jetzt hier bin, ist . . . ich meine . . . es ist Ihretwegen. Seit gestern abend hat sich Ihr Bild in meinem Kopf festgenistet. Mir ist das noch nie passiert."

„Ich weiß nichts über Sie, Jörg."

„Ich liege ihnen zu Füßen. Sonst zählt nichts. Was es über mich zu berichten gibt, ist unwichtig. Das war, bevor ich Sie kannte. Mit Ihnen, Christine, wäre vieles anders verlaufen. Nicht so durchschnittlich. Ich hätte gewußt, wofür ich mich einsetzen soll. Für mich selber tue ich nur, was geradeso nötig ist."

Ich fordere es heraus, daß sie über mich lacht, dachte er. Aber Christine Wagner blieb ernst.

Sie redeten lange und ließen keinen Blick voneinander.

Wer sie beobachtet hätte, konnte glauben, sie kannten sich seit langem.

So empfanden sie auch. Beide fühlten, daß sie zueinander paßten. Zwei skrupellose Charaktere hatten sich getroffen. Gemeinsam waren sie doppelt gefährlich.

Als sie schließlich den City-Grill verließen, schwebten beide auf Wolken.

Äußerlich waren sie ein hübsches Paar. Was dahinter steckte, hätte jedes Gefängnis bereichert.

Sie zogen von einer Nachtbar zur andern, tanzten später in einer Disco und hatten – als der Morgen graute – nicht gemerkt, wie rasch die Zeit verging.

# 9. Wanze mit Widerhaken

Locke verschlief den halben Nachmittag. Aber am Sonntagabend war sie frisch. Keine Schatten mehr unter den Augen, und der Teint war brünett *(braunhäutig)* wie immer.

Auf der Schiefertafel, die hinter der Tür hängt, hatte Gunter vermerkt, er sei dienstlich unterwegs.

Mike hatte dazu geschrieben: . . . *ich auch* . . .

Locke duschte, versorgte Mausi und war noch unentschlossen, welchen Strohhut sie nehmen sollte, als Tom eintraf.

„Das war ein Nachmittag!" knurrte er. „Du pofst. Aus reiner Verzweiflung habe ich unsern Garten überarbeitet. Habe die Hecke geschnitten, Unkraut gejätet, die Einfahrt gefegt, die Ausfahrt ebenfalls, habe das Garagentor mit Teerfarbe gestrichen und dann mit Nicki einen Jogging-Lauf bis zur Fernhorster Mühle gemacht. Jetzt baumelt mir die Zunge zwischen den Zähnen."

„Du siehst auch aus wie ein Schlaffi. Zieh dir einen Espresso rein, dann kommst du wieder auf Action. Aber den Espresso machst du dir selbst."

Tom schlurfte in die Küche und stellte die Kaffeemaschine an, während sich Locke für das Strohwagenrad mit nachtblauem Band entschied.

Tom zog die Hand aus der Tasche und hielt ihr die Faust hin.

„Rat mal, was ich hier habe."

„Ein Geschenk für mich?"

„Das gerade nicht."

„Dann interessiert es mich nicht."

„Wenn du müde bist, könnte man dich als unausstehlich bezeichnen. Wenn du ausgeschlafen hast, hält man es nicht mit dir aus."

„Jetzt weiß ich's! Du hast ein Kompliment in deiner nervigen Faust."

„Ich sage nur: Wanze!"

„Wirst du schon wieder beleidigend? Ach so, du meinst diese Abhörknolle."

Sie betrachtete den metallischen Knopf.

Tom hielt ihn locker in der Hand, denn das Spionage-Mikrofon wies mehrere kleine Widerhaken auf.

„Das sieht ja gefährlich aus", stellte Locke fest. „Wozu sind die?"

„Die Widerhaken habe ich angeklebt – mit Spezialkleber. Der hält und hält . . . Die Widerhaken sind eigentlich Angelhaken. Ich habe sie kurz gezwickt."

„Schrecklich! Wenn ich mir vorstelle, daß Fische diese Haken mit dem Köder schlucken. Und dann werden sie auf diese Weise aus dem Wasser geholt. Das ist nicht roh, das ist bestialisch – auch wenn die Fische angeblich im Maul keine Nerven haben. Wozu braucht die Wanze Widerhaken?"

„Damit wir sie in der Wagnerschen Villa befestigen können."

„Du willst also doch einbrechen?"

„Möglichst nicht. Aber vielleicht entdecken wir ein geöffnetes Fenster. Dann können wir die Wanze hiermit hineinschießen."

Aus der anderen Hosentasche zog er eine Schleuder. Sie war aus Stahlrohr, der Griff mit Leder überzogen. Die beiden Gummienden ließen sich weit ausziehen.

„Schäwigs heimtückischer Anschlag hat mich auf die Idee gebracht."

„Ich wußte gar nicht, daß du über gefährliche Waffen verfügst."

„Meine Waffen sind Muskeln, Fäuste und Karate-Technik, Herzi. Die Schleuder habe ich von Gerold Dellmann geborgt. Du darfst sie also nicht kaputt machen."

Locke schüttelte ihr Haar, setzte den Hut auf und band ihn fest.

„Sag das nochmal!"

„Was?"

„Daß ich was kaputt mache."

„Äh . . . also, es erübrigt sich", grinste er, „weil ich dir die Schleuder sowieso nicht gebe."

Sie boxte ihn in die Rippen. Er küßte sie auf den Mundwinkel. Der Hut rutschte. Sie verließen das Haus.

Aus einem Benzinkanister durfte Tom Lockes Roller auftanken. Dann knatterten sie durch den lauen Sonntagabend, der die Dämmerung mit einem blutroten Sonnenuntergang ankündigte.

Sie kamen am City-Grill vorbei, wo sich Jörg Heldt und Christine Wagner aber erst später begegnen sollten – schicksalhafter Weise.

Erstes Ziel war der Amsel-Weg.

Sie hatten Schäwigs Puppe nicht mit. Aber Tom meinte, ersatzweise werde er ihm die Faust aufs Haupt schlagen.

Doch bei Nr. 13 hatte sich nichts verändert. Dunkle Fenster, verschlossene Tür, kein Heizölferrari – und die Klingel hallte durch ein offensichtlich leeres Haus.

„Den erwischen wir schon noch", tröstete Tom. „Meine Wut wächst inzwischen, und die Rache wird fürchterlich sein."

Sie fuhren weiter, ein Stück zurück, dann in andere Richtung.

Zweites Ziel war die Wagnersche Villa.

Als sie in die Straße einbogen, war es gerade noch hell genug, wichtige Ereignisse zu erkennen.

Locke spähte. „Tom! Langsam! Sonst geraten wir ihr in die Arme."

Auch er sah, daß Christine Wagner die Villa verließ. Sie schritt wie ein Mannequin – aber wie eins mit 'nem Schatten an der Waffel. Jeder Schritt war Übertreibung. Ein Wunder, daß sich die Beine nicht verknoteten. Gekleidet war sie, als wollte sie sich heute abend zum beliebtesten Disco-Häschen wählen lassen.

„Sie geht aus." Tom hielt neben Locke, die ihr Feuerstühlchen auf Sparflamme laufen ließ.

„Allein", nickte Locke. „Täte ich auch, wenn ich den dikken Karpfen am Hals hätte."

„Was sind denn das für Töne? Männer gehen allein aus. Ihr setzt euch gefälligst vor die Glotze."

„Huch! In welchem Jahrhundert leben wir denn, du Mantelpavian!"

„Sind das die mit dem bunten Hintern?"

„Das sind die mit dem Sockenschuß *(weichen Birne)*."

Christine Wagner war in der Doppelgarage verschwunden.

Ein Wagen rollte heraus, schwenkte in die andere Richtung und entfernte sich flott.

„Sie brettert mit einem Lancia durch die Pampa *(Landschaft)*", stellte Tom fest.

„Von mir aus mit dem Segelflugzeug. Ich kann sie nicht leiden. Mit meinem Roller kann sich ihr Schlitten sowieso nicht messen. Du! Die Villa ist dunkel. Eine Gelegenheit winkt uns."

Sie fuhren erstmal vorbei, schielten hinüber und festigten die Meinung, daß dort niemand zu Hause sei.

Keiner der Nachbarn war zu sehen. Jeder schien sich nur für die eigenen Angelegenheiten zu interessieren.

Das Pärchen kurvte umher, ohne viel Lärm zu machen, wartete, bis sich Dunkelheit auf das Villenviertel legte, und parkte dann die Roller in einer Gasse.

Sie schlenderten zum Wagnerschen Grundstück huschten in die Einfahrt und gelangten ungesehen zur Rückfront des Hauses.

Bäume und Hecken schirmten ab. Der Swimmingpool, gluckerte. Auf einem Gartentisch standen benutzte Gläser, neben der Hollywood-Schaukel eine Flasche mit Sonnenöl.

Keine Jalousie war geschlossen. Tom drückte gegen die Terrassentür, aber sie gab nicht nach.

„Schatzi", flüsterte er, „das Fenster hier ist gekippt. Ich könnte es entriegeln. Aber das wollen wir ja nicht. Vielleicht genügt der Spalt. Siehst du wen, hörst du wen?"

„Wir sind so allein wie Adam und Eva am Nordpol", behauptete sie.

Diesmal hatte er an die Taschenlampe gedacht. Ihr Strahl huschte durch die Scheibe und leuchtete in ein elegantes Terrassenzimmer.

Er hielt die Lampe hart an der Kante des Fensterrahmens. Der Strahl richtete sich auf eine rauchgraue Übergardine aus dickem Stoff. Er sah ein bißchen wie ein tunesischer Teppich aus.

„Locke!" Er klemmte die Lampe in den Spalt. „An den Vorhang dort schieße ich die Wanze. Dort hängt sie dann und fällt niemandem auf. In dem Zimmer – das sieht man ja – wird bestimmt am meisten gelabert. Ist geradezu ideal für unsere Lauschaktion."

Sie sah zu, wie er die Wanze in die Schleuder lud, die Gabel in den Spalt hielt, zielte, die Gummienden nicht zu weit auszog und – schoß.

. . . flippppp . . .

„Sie hängt", jubelte er. „Ziemlich weit oben."

„Ich sehe sie nicht."

„Um so besser. In dem groben Stoff sitzt sie drin wie ein Webfehler. Klasse!"

Er löschte die Lampe.

Locke setzte sich in die Hollywood-Schaukel.

„Vielleicht, Tom, befinden sich die Markus-Köhler-Sachen in einer wasserdichten Verpackung, die im Swimmingpool versteckt ist."

„Kannst ja mal tauchen."

Sie lachte leise. „Wie geht es nun weiter? Das nächste Mal kommen wir also mit einem Radio her."

„Wir könnten uns dort postieren, wo jetzt die Roller parken. Die Entfernung ist richtig. Wenn hier gesabbelt wird,

hören wir mit. Christine könnte mit Schäwig reden, wenn der wieder auftaucht. Oder die Wagners reden untereinander. Und garantiert – es kann gar nicht anders sein – sprechen sie von den Sachen."

„Um alles mitzukriegen, müßten wir uns dauernd mit dem Kofferradio in der Gasse rumdrücken."

„Hm. Nicht dauernd. Solange die Wagner allein ist, führt sie vermutlich keine Selbstgespräche. Es wäre blöd, die Villa zu beschatten. Wir könnten aber mit verstellter Stimme anrufen. Wir verlangen ihren Alten oder Schäwig. Dann merken wir, ob der eine oder andere zurück ist."

„Ich bin gespannt, was wir dann hören."

„Ich auch. Aber jetzt putzen wir die Platte, bevor die Tante zurückkommt."

★

Alfons Schäwig war nicht zum erstenmal in Berlin. Um die Brieftasche zu schonen, verkniff er sich ein Hotelzimmer. Das billigste Pensionsbett genügte vollkommen. Er hatte nur seine Reisetasche mitgebracht und bezahlte im voraus.

Vor dem Spiegel kämmte er seine kupferroten Haare und wischte die Schuppen vom Jackettkragen. Es war später Nachmittag. Wieder auf der Straße, schnupperte er die vielgepriesene Berliner Luft. Sie stank genauso nach Abgasen wie anderswo.

Er bummelte zum Kudamm, hielt sich links, entdeckte schließlich ein spanisches Restaurant und einen Behelfstisch, der noch frei war. Der Kellner schwitzte fürchterlich und roch auch so.

Der Wein war cognacfarben und herb, das Glas von oben bis unten klebrig und triefend. Der Behelfstisch, ganz hinten im Raum, wackelte. Nicht zwei seiner vier Beine wiesen die gleiche Länge auf.

Schäwig saß auf einem Hocker, lehnte an weißgetünchter Wand, die nur wenig abfärbte, und wartete auf sein Gericht.

Es war jetzt Abendbrotzeit. Charles Keelan, alias Karl Seitz, saß sicherlich im Restaurant seines Nobelhotels, das Schäwig kannte, und knackte einem toten Hummer den Panzer auf. Stört man einen Millionär bei der Mahlzeit?

Schäwig trat in eine Telefonzelle, rief das Hotel an.

Der Mensch am Empfang meldete sich mit deutlicher Stimme und vornehmem Ton.

„Mr. Charles Keelan wohnt bei Ihnen, nicht wahr?“

„Mr. Keelan wohnt bei uns“, wurde bestätigt.

„Bitte, verbinden Sie mich“, befahl Schäwig.

Fast war er verwundert, als sich eine sonore, amerikanisierte Stimme mit rollendem ‚r‘ meldete. Er hatte sie anders in Erinnerung. Aber 13 Jahre sind eine lange Zeit. Keelan, alias Seitz, hatte sich nicht nur äußerlich verändert.

„Charles Keelan.“

„Entschuldigen Sie die Störung, Mr. Keelan. Sie sprechen deutsch?“

„Fast perfekt. Wer ist dort?“

„Ich heiße Weidmann.“

Das allein genügte nicht, verlangte eine Erklärung.

Aber Schäwig machte erstmal Pause, und Keelan schwieg. Würde der ihn erkennen? Bestimmt nicht. Später sollte er ruhig. Aber jetzt wollte er ihn schmoren lassen.

„Es ist vielleicht albern, daß ich sie anrufe, Mr. Keelan. Aber ich sah Sie heute und war verblüfft. Ja, verblüfft ist das richtige Wort. Sie erinnern mich derart an einen alten Bekannten – ich glaubte fast, Sie wären der.“

„Rufen Sie mich an, weil ich einen Doppelgänger habe?“

„Nein, ich dachte nur: Vielleicht haben Sie einen Bruder, der . . . Vielleicht ist der's. Aber es handelt sich um einen Deutschen. Um einen gewissen Karl Seitz.“

Den Hörer ans Ohr gepreßt, lauschte Schäwig. Wie reagierte der Mann?

Nichts! Oder? Doch, dem pfiff der Atem. Aber er beherrschte sich.

Warum sagen Sie nichts Mr. Keelan?

Stille. Schäwig sah auf den Sekundenzeiger seiner Uhr.

Na, Freund, wie lange dauert's, bis dir die Stimme wieder gehorcht?

„Warum sagen Sie nichts, Mr. Keelan? Kennen Sie Karl Seitz?"

„Tut mir leid." Ein bißchen wackelten die Stimmbänder. „Ich höre . . . höre den Namen zum erstenmal."

„Dann entschuldigen Sie die Störung. Ich dachte nur . . . Na ja, es war dumm von mir. Guten Abend."

„Guten Abend, Herr Weidmann."

Schäwig legte auf. Das Ohr, an das er den Hörer gepreßt hatte, schwitzte etwas. Mit dem Handrücken rieb er darüber. Er grinste in die spiegelnde Scheibe der Telefonzelle.

„Wenn das nicht Karl Seitz war, arbeite ich ab morgen."

Grinsend trat er in den milden Sommerabend.

# 10. Betrüger

Am Montagvormittag rief Regina Liebig an und lud Locke für Freitag zu ihrer Geburtstagsfeier ein. Regina wurde 15. Locke freute sich und dachte nach über ein Geschenk.

Sie war noch mit Überlegungen beschäftigt, als Tom vor der Tür stand.

„Schatzi, Regina hat mich zu ihrer Geburtstagsfeier eingeladen." Er küßte sie auf die Wange.

„Mich auch. Eben. Wollen wir ein gemeinsames Geschenk machen?"

„Ich weiß nicht mal, ob ich hingehe. Sebastian gibt nämlich Freitagabend 'ne Gartenparty. Da habe ich schon zugesagt. Bei ihm wird's immer lustig."

„Hm."

Das Telefon klingelte. Locke meldete sich.

„Hallo Locke! Hier ist Sebastian. Hast du Schmeck *(Lust)* auf 'ne Gartenparty. Am Freitag. Tom kommt auch."

„Ich weiß. Vielen Dank für die Einladung. Aber Regina hat Freitag Geburtstag. Und sie ist meine Freundin."

„Oooch!" meinte er. „Barbara, Susanne und Karin haben auch abgesagt. Sie gehen zu Regina. Dann ist dort ein Kaffeekränzchen und bei mir ein Männerverein."

„Gemischt wäre es netter", lachte Locke. „Dabei fällt mir ein: Bei Regina geht es beengt zu, aber du könntest die halbe Stadt einladen. Wenn Regina ihre Feier zu dir verlegt, wäre allen geholfen. Wir bringen dann den Kuchen mit, du stiftest die Durstlöscher und . . ."

„Außerdem grillen wir."

„Na, stark! Du wärst also einverstanden?"

„Und ob! Locke, du bist ein Riesen-Typ *(voll in Ordnung)*! Regelst du das?"

Sie telefonierte mit Regina, dann mit Barbara, Susanne und Karin.

Als sie Sebastian wieder anrief, war alles geritzt.

„Dann also um vier Uhr nachmittags bei mir", freute er sich. „Gott sei Dank! Endlich ist wieder was los. Auch Ferien können langweilig werden. Geht's dir und Tom auch so?"

„Nicht ganz", lachte sie. „Wir haben meistens was vor."

Als sie auflegte, sagte Tom: „Damit du das Telefonieren nicht verlernst, ruf doch gleich mal bei Christine Wagner an. Wenn du ein bißchen nuschelst, hält sie dich für die Vorsitzende vom Verein der Hausmäusebesitzer. Frag erstmal nach Schäwig. Ist er zufällig bei ihr, legst du auf."

„Und du meinst, deine Wanze sendet?"

„Bestimmt."

Sie suchte die Wagnersche Telefonnummer heraus. Es gab zwei: Büro und Privat.

„Wagner", meldete sich die Frau des Immobilien-Maklers.

„Hannelore Kersten. Tag!" Sie verstellte die Stimme. „Ich versuche Alfons zu erreichen. Geht aber nicht. Ist er zufällig bei Ihnen?"

„Leider nicht", antwortete Christine Wagner. „Mein Bruder ist noch verreist. Ich vermute, er kommt erst morgen zurück. Soll ich was ausrichten?"

„Nicht nötig. Dann warte ich bis morgen. Wiedersehen."

Sie legte auf.

Tom hatte mitgehört und nahm jetzt den Hörer.

„Nun ich. Erst probiere ich's beim Büro."

Aber dort meldete sich nur der automatische Anrufbeantworter, und beide hörten sich Alfred Wagners schmatzende Stimme an. Sie ölte von einem Wort zum andern. So wie der Mann aussah, so redete er auch.

Dann wählte Tom die Privatnummer.

Wieder meldete sich Christine.

„Einen schönen guten Morgen!" plärrte er. „Mein Name ist Erich Wurzel. Ich suche einen Bauplatz in einem der Vororte und bin zuversichtlich, daß Ihr Mann über zahlreiche Angebote verfügt. Könnte ich ihn sprechen, gnädige Frau?"

„Tut mir leid, Herr Wurzel. Mein Mann ist unterwegs. Ich

erwarte ihn erst heute abend, aber nicht vor 20 Uhr. Wenn Sie dann nochmal anrufen . . . Oder sollen wir zurückrufen?"

„Ich melde mich wieder", sagte Tom, dankte und legte auf.

„Jedenfalls wissen wir's jetzt." Locke lief in die Küche, weil dort ihre Milch überkochte. „Vor heute abend haben uns die Wagners keinen Dialog *(Zwiegespräch)* anzubieten. Hoffentlich reden sie dann von den Markus-Köhler-Sachen."

Tom folgte ihr in die Küche und sah zu, wie sie ihre Honigmilch anrührte.

„Übrigens, Tom, hat sich Schäwig zum zweiten Mal bei Paula Woretzki gemeldet."

„Tatsächlich! Ist ja unverschämt. Ich dachte, es hätte ihn gewarnt, daß wir ihm auf die Bude rücken. Wann hat er angerufen?"

„Am Samstagabend. Paula war den ganzen Sonntag in Schenkhausen – bei einer Freundin, die krank ist. Erst gestern abend, ziemlich spät, hat sie Gunter verständigt."

„Und?"

„Schäwig hat die Forderung wiederholt. 400000 – oder er vernichtet die Sachen. Er scheint's jetzt eilig zu haben."

„Wenn es um Geld geht, ist es immer eilig – besonders bei diesen Typen."

„Ich möchte wissen, wo Schäwig sich rumtreibt." Locke spülte ihr Glas aus. „Hast du das Kofferradio mitgebracht?"

„Ist zu groß. Ich dachte, wir nehmen deins."

„Gut. Aber jetzt haben wir den ganzen Tag Zeit. Gehen wir ins Schwimmbad?"

Es war heiß. Die Sonne brannte. Im Schwimmbad trafen sie Regina und Sebastian. Locke meinte, sie hätten sich die Telefonate ersparen können. Es wurde ein fideler Nachmittag. Gegen Abend rollerten Locke und Tom heimwärts, diesmal zu Locke, wo sie das Kofferradio holen wollten.

Gunters Saab stand vor der Garage. Um diese Zeit war das ungewöhnlich. Im allgemeinen kam Gunter später.

„Auf euch habe ich gewartet", sagte er, als die beiden ins Haus traten. „Ich nehme euch mit zu einem gewissen Hartmut Buschmann und seiner Mutter Susanne."

„Wer ist das?" fragte Locke.

„Susanne Buschmann behauptet, ihr Sohn Hartmut wäre Markus Köhler."

„Ach!"

„Ja, so ist die Welt", nickte Gunter. „Es geht um Millionen. Da kommen die Ratten aus ihren Löchern."

„Betrüger?" fragte Tom.

„Aber ja! Sie haben sich bei Dr. Mahrl gemeldet, dem Nachlaßverwalter. Der merkte sofort, was da läuft, und bat mich, die Buschmanns unter die Lupe zu nehmen. Einesteils, weil es vielleicht journalistisch interessant ist. Zum andern, weil wir uns in der Sache so sehr engagieren. Ihr wollt also mit?"

Selbstverständlich wollten sie.

Hoffentlich dauert es nicht zu lange, dachte Locke, sonst verpassen wir das Hörspiel bei Wagners, wo die Wanze auf der Lauer liegt – zwar nicht auf der Mauer, aber immerhin an der Übergardine.

Gunter lud die beiden in seinen Saab.

Die Adresse war Partoll-Gasse, was eine Abzweigung der Partoll-Straße ist, die nicht zu den bevorzugten Wohngegenden zählt.

Mit Anbruch der Dämmerung gerieten sie in eine Sackgasse, die an einer ziegelroten Fabrikmauer endete, wo sich Sprühdosen-Künstler mit Gemälden und Nonsens *(Unsinn)*-Sprüchen verewigt hatten.

Gunter wendete, fuhr an trostlosen Häusern vorbei und suchte Nr. 29.

Vor einem spinatgrünen Gebäude kippte ein früh vergreister Mensch Müll in eine Tonne.

„Hallo!“ sagte Gunter durchs Fenster. „Wo wohnen hier die Buschmanns?“

„Häh?“ fragte der Alte. Er war fast taub.

„Wo die Buschmanns wohnen?“ brüllte Gunter.

Der Opa verstand noch nicht.

Aber in der Einfahrt zwischen zwei Häusern reckte ein Junge den Kopf.

„Hier!“ rief er. „Es ist das Hinterhaus.“

Sie parkten auf dem Hof. Nr. 29 bildete die Rückseite, war früher Garage oder Lagerhaus gewesen, aber jetzt zweistökkig und so gelb verputzt wie der Neid selbst.

„Jemandem, der hier haust, kann ich's nicht übelnehmen, daß er versucht, rauszukommen und aufzusteigen“, sagte Locke.

„Aber nur auf ehrliche Weise“, erwiderte Gunter. Er drückte auf die Klingel.

Sie funktionierte nicht. Er hämmerte mit der Faust an die Tür.

Nach dem fünften Mal wurde sie aufgerissen.

„Heh! Du hast wohl 'n Rad ab *(spinnen)*“, keifte die Frau.

Sie war fett und hatte Lockenwickler im Haar. Links im Mundwinkel hing eine dünne Zigarre.

„Frau Buschmann?“ fragte Gunter.

„Ich kaufe nichts“, sie stieß Rauch durch den rechten Mundwinkel. „An der Tür kaufe ich nie. Außerdem haben wir schon alles: Hochseejacht, Zweitwagen, Erstwagen, Drittwagen, Lebensversicherungen über mehrere Millionen und sogar einen fast neuen Staubsauger.“

„Mein Name ist Rehm. Ich komme im Auftrag von Dr. Mahrl.“

„Ahhhhh!“

Sie zwinkerte, drehte sich um und schrie ins Haus. „Haaartmuuut! Deine Verwandtschaft ist da.“

„Ein Mißverständnis!“ sagte Gunter.

Doch die Dame geriet jetzt in Vollpower, hätte fast die

Zigarre verschluckt und machte Anstalten, Gunter am Ärmel hereinzuzerren.

Als die drei in der Diele standen, kam Haaartmuuut die Treppe herab.

Locke mußte an sich halten, um nicht zu kichern. Sie zog sich den Hut in die Stirn.

Hartmut war mindestens 18, dürr und lang wie eine Spargelstange und mit einer Art Konfirmations-Anzug bekleidet.

Erwartungsvoll blickte er auf die drei Besucher herab.

„Dann gehen wir mal in den Wohnraum“, rief die Dicke, „und besprechen alles.“

Im Wohnraum waren Leinen gespannt, auf denen Wäsche trocknete. Wieso das trotz herrlichen Sommerwetters hier drinnen geschah, wußte nur Frau Buschmann. Vielleicht fürchtete sie Diebe.

Man fand Platz am Tisch. Tom geriet unter einen tropfenden Unterrock und rückte seinen Stuhl beiseite.

Zu Gunter sagte die Frau: „Ich bin Frau Susanne Buschmann. Die beiden“, sie wies auf Locke und Tom, „sind wohl Cousin und Cousine von Markus, wie! Naja, Hauptsache, sie sind nicht erbberechtigt. Dr. Mahrl ist bestimmt froh, daß Markus jetzt auftaucht. Er hätte ja gern seine lieben Eltern kennengelernt. Aber das Schicksal wollte es nicht.“

„Ihr Hartmut“, sagte Gunter, „ist also der verschollene Markus Köhler?“

Susanne Buschmann nickte.

„Wie alt sind Sie, Markus?“

„Dreizehn.“

Der Junge bemühte sich, so zu sprechen, als hätte er den Stimmbruch noch vor sich.

„Sie sehen älter aus. Wie 18.“

„Das täuscht“, fiel Frau Buschmann ihrem Sohn ins Wort, denn der hatte den Mund schon geöffnet. „Körperlich ist er ein Frühentwickler. Er sieht älter aus, ja. Aber er ist 13. Geistig ist er erst zwölf.“

Ich bin dieser Markus

„Ach, halt doch die Schnauze, Mutter!" sagte Hartmut. „Red nicht immer so einen Mist."

Locke sah die Frau an. Aus ihrem Teiggesicht lächelte das Wohlwollen. Sie war weder gekränkt noch beleidigt.

Offenbar hatte Hartmut seine Mutter nicht verwöhnt, was den Umgangston betraf.

„Ich bin dieser Markus", sagte Hartmut zu Gunter. „Mutter hat mich vor 13 Jahren gefunden. Die Kidnapper hatten mich ausgesetzt. Ich war so groß."

Er zeigte mit den Händen das Format eines Drei-Pfund-Brotes.

„An Einzelheiten kann ich mich natürlich nicht mehr erinnern. Bekanntlich sind Babys dazu nicht in der Lage. Aber ich trug diese Babywäsche mit den aufgestickten Buchstaben. Und ich hatte auch die Goldkette am Bein. Das beweist doch alles."

„Wo sind diese Sachen jetzt?" fragte Gunter.

„Was denken Sie denn von mir", rief Frau Buschmann. „Glauben Sie, ich hebe schmutzige Wäsche auf? Damals hat er noch in die Hose gemacht. Die Wäsche habe ich gleich in den Abfall getan. Den Anhänger wollte ich behalten. Aber irgendwann habe ich ihn verloren."

Gunter sah Locke und Tom an, dann die Frau.

„Erwarten Sie wirklich, daß man Ihnen das glaubt?"

„Er ist Markus Köhler. Ich kann es beschwören."

„Auf Meineid steht Strafe, Frau Buschmann. Seien Sie froh, wenn wir die Sache auf sich beruhen lassen." Er stand auf. „Was Sie versuchen, ist Betrug. Dr. Mahrl könnte Sie anzeigen. Guten Abend."

Er wandte sich zur Tür. Locke und Tom folgten ihm.

Im Hinausgehen hörten sie, wie Hartmut seiner Mutter zuzischelte: „Habe ich dir nicht gleich gesagt, daß das nicht klappt. Blöde Tucke! Jetzt hast du meinen Ausweis verbrannt. Und den blöden Anzug kannst du dir an den Hut stecken."

Im Wagen sagte Locke: „Die sind so dumm, daß es weh tut.

Aber vielleicht melden sich raffiniertere Gauner, um Toni sein Erbe streitig zu machen."

„Warten wir's ab." Gunter lenkte den Wagen zur Straße. „Soll ich zur Fattoria fahren? Wir könnten uns rasch eine Pizza reinziehen. Dann", er lachte, „braucht uns Locke kein Abendessen zu machen."

Tom war begeistert. „Gern! Ich habe Hun . . ."

Rasch schloß er den Mund. Fiel ihm doch ein, daß es höchste Zeit war, sich zu den Wagners zu begeben.

„Ich verspüre keinen Appetit", teilte Locke mit. „Nicht zu einem einzigen Spaghetti könnte ich mich überwinden."

„Dann trinkst du deinen Saft und siehst uns zu", meinte Gunter. „Ich will essen. Und Tom hat *Hun*. Wenn er erstmal am Tisch sitzt, kommt auch der *ger* dazu."

Locke, die vorn rechts saß, drehte sich um und sah ihren Freund an.

Er zuckte die Achseln.

Wird schon schiefgehen, hieß das. Vielleicht ist Alfred Wagner noch gar nicht zurück. Was verpassen wir dann?

In den Fattoria drängten sich die Gäste. Gunter, der hier oft speiste, wurde vom schnurrbärtigen Chef, der Guiseppe hieß, begrüßt.

Er hatte einen gewaltigen Schnurrbart und Augen wie schwarze Oliven.

Locke ließ sich zu einem Scampi-Salat überreden.

Tom sättigte sich mit Papardelle *(hausgemachte Nudeln mit Sahne, Schweinefleisch-Bröckchen und Knoblauch)*.

Gunter speiste eine Pizza mit Meeresfrüchten und gestattete sich auch ein Viertel Abruzzen-Wein.

Sie unterhielten sich über Schäwig und alles, was den Fall Markus Köhler betraf.

Dabei wurde es spät und später.

# 11. Wagners eiskalter Plan

Alfred Wagner war groggy, als er endlich zu Hause ankam. Bei der Hitze acht Stunden hinterm Lenkrad – das vertrug sein untrainierter Kreislauf nicht. Trotzdem fühlte er sich wie ein Kreuzritter, der Jerusalem befreit hat und stolzgeschwellt heimkehrt.

Das mindeste, was ihn erwartete, war ein liebendes Weib. Jeden Wunsch würde ihm Christine von den Augen ablesen. Schließlich hatte er Erfolg gehabt, alles stand bestens. Und was seine Wünsche betraf, wäre da erstmal eine üppige Mahlzeit zu nennen.

Seine Erwartung wurde enttäuscht.

Christine sah aus wie der Tod, war zänkisch und nörgelig. Kaum, daß sie seinen Begrüßungsschmatz erwiderte.

„Schnucki, was ist denn los?"

„Was soll los sein", fuhr sie ihn an, „ich bin müde, habe Kopfschmerzen. Und unsere Situation ist bestimmt kein Anlaß, wie ein Honigkuchen zu strahlen."

„Im Gegenteil, Schnucki."

Er stellte die Reisetasche in die Diele, hängte das Jackett an die Garderobe, riß sich den Kragen auf.

„Ich verstehe dich nicht, Schnucki", meinte er. „Ich mühe mich ab. Und wie behandelst du mich?"

Sie nahm sich zusammen. Nur nicht zu derb auf den Pudding hauen, schließlich will er die Millionen ranschaffen.

„Ich bin müde. Ich bin auch nicht immer in Form."

„Aber du sitzt im Liegestuhl, während ich ackere."

„Ein starker Mann wie du ist schließlich dafür geschaffen."

Das klang schon besser.

Schlimmer als sie befürchtet hatte, wurde sie jetzt von ihrem Empfinden bestraft: Ihr stieg der Frühstückskaffee hoch, wenn sie den Dicken nur sah. Die fröhliche Nacht mit Jörg hatte ihr die Augen geöffnet. Jeder Tag, den sie mit ihrem Mann verbrachte, war verloren.

Sie lächelte, als sie Eier über Speck, Tomatenwürfel und Kartoffelschnitzel verteilte.

Die Situation ist günstig, dachte sie. Aber Jörg muß mitmachen. Dann bleiben nur er und ich übrig, die Millionen werden bezahlt, und kein Hahn wird nach Alfred Wagner krähen. Der selbst hat dann die Weichen so gestellt, daß niemand nach ihm sucht.

Sie aßen im Terrassenzimmer. Christine hatte nur einen Sandwich mit Diätbrot, Weißkäse und gehackten Kräutern auf dem Teller.

Bewundernd sah Alfred sie an, als er die Verschlußkappe von der zweiten Bierflasche riß.

„Mir wird jetzt erst bewußt, wie bescheiden du immer ißt."

„Glaubst du, ich will fett werden. Von nichts kommt nichts. Und red dich nicht 'raus, es wären deine Drüsen, oder es läge in der Familie! Fresser wie du können sich nicht zügeln. Das ist alles."

„Doch! Es liegt in der Familie! Berthold ist auch nicht schlanker."

Das Stichwort! Wie Katzen waren beide um den heißen Brei herumgeschlichen. Aber jetzt mußte es gesagt werden.

„Nun erzähl mal!"

Er schob den Teller beiseite und spülte mit Bier nach, bevor er begann.

„Ich sagte dir ja, daß ich ihm geschrieben habe. Er wohnt jetzt in Wittenberg. Arbeitet als Textilingenieur, ist immer noch ledig und menschenscheu wie ehedem."

„Ja."

„Was ich verschlüsselt schrieb, hat er richtig verstanden. Datum, Uhrzeit, und natürlich war der Rastplatz gemeint, auf dem ich mich schon zweimal mit ihm traf."

„Er war also da?"

„Berthold war da. Es liegt jetzt anderthalb Jahre zurück, daß wir uns zum letzten Mal sahen. Ich befürchtete schon, er sei mir nicht mehr so ähnlich."

Christine kannte Berthold Wagners Lebensgeschichte genau. Als Alfreds Zwillingsbruder, noch dazu eineiiger, glichen sich die beiden, wie sie von Fotos her wußte, in verblüffender Weise.

Neunzehn Jahre lag es jetzt zurück, daß Berthold Wagner durch den Eisernen Vorhang in den anderen Teil Deutschlands getürmt war. Die Eltern, die damals noch lebten, vertuschten die Schande so gut es ging. Bekannten wurde erzählt, Berthold sei in den USA. Aber für die Eltern war er abgeschrieben, nicht mehr existent, gestorben.

Weshalb der Achtzehnjährige türmte, ließ einen bis heute ungeklärten Fall in den Akten der Kripo zurück.

Fest stand, es mußte ein Betrunkener gewesen sein, der spätabends auf der Bundesstraße in die marschierende Pfadfinder-Gruppe raste und zwei Jungen tötete. Der Täter beging Fahrerflucht. Weder er, noch das vierräderige Mordwerkzeug wurden jemals gefunden.

Nur aus Bertholds Abschiedsbrief, den er in seinem Zimmer zurückließ, ging hervor, was geschehen war.

Er bat um Verzeihung und schrieb, wohin er gehen werde. Vater Wagner überstand einen Herzanfall, die Mutter war sich von diesem Tag an nicht mehr ähnlich.

Aber er schwieg, sie schwieg und Alfred schwieg. Der beschädigte Wagen blieb acht Wochen unbenutzt in der Garage, bevor man ihn, vom Blut gesäubert, zur Werkstatt brachte.

Berthold ließ jahrelang nichts von sich hören. Als er dann aus Leipzig schrieb, lebten die Eltern nicht mehr; und Alfred nahm nur gelangweilt zur Kenntnis, daß sich Berthold ‚drüben' offenbar ganz leidlich entwickelt hatte.

Zweimal trafen sie sich auf der Leipziger Messe, dann heimlich auf Autobahn-Rastplätzen. Berthold wurde vom Heimweh geplagt. Seine Wehleidigkeit nervte Alfred.

„Du hast es dir eingebrockt. Jetzt kannst du nicht zurück," hatte Alfred jedesmal seinem Bruder gesagt.

„Aber wenn du mich mit deinem Wagen und deinem Reisepaß über die Grenze läßt, dann hier zur Polizei gehst und erklärst, ich hätte dich betäubt und . . ."

„Wohl eine weiche Birne, was? Ich wäre sofort dran wegen Fluchthilfe. Du solltest eure Vopos besser kennen."

Seitdem träumte Berthold von Rückkehr. Nicht der goldene Westen lockte ihn, sondern die Sehnsucht nach der alten Heimat.

Alfred trank jetzt sein Bier und wischte sich schmatzend über die Lippen.

„Meine Befürchtung, er könnte zu dünn sein, war unnötig. Auch die da drüben werden satt. Und wer zudem die Veranlagung hat – jedenfalls gleicht Berthold mir auch figürlich aufs Haar. Ich wette, selbst du könntest uns auf zehn Schritt Entfernung, und wenn wir gleich gekleidet wären, kaum unterscheiden."

„Na, prima."

Alfred stand auf. Er schaltete den TV in der Schrankwand ein, drehte aber den Ton ab.

Christine fragte: „Und was habt ihr verabredet?"

Er grinste. „Bertholds Herzenswunsch wird erfüllt. Er soll die Heimat wiedersehen. Drüben läßt er ohnehin nichts zurück. Natürlich muß er illegal über die Grenze. Ein verdammtes Risiko. Ich würde kneifen. Aber der ist ganz wild."

„Und wenn es nicht klappt, wenn ihn die Vopos erschießen, wenn er auf eine Mine tritt?"

Alfred hob die Achseln. „Jeder Plan hat eine schwache Stelle, zum Glück auch jede noch so hermetisch abgesicherte Staatsgrenze. Ich vertraue auf mein Glück. Was bleibt mir anderes übrig? Aber mein Horoskop steht ungewöhnlich günstig."

„Hoffentlich."

„Es klappt, ich fühle das."

„Wie sieht es nun im Detail aus?"

„Berthold trägt den Fluchtplan seit Jahren in seiner Seele

Morgen abend fährt er an die Grenze nach Weringe. Bei der Volkspolizei hat er einen Kumpel. Wie es im einzelnen läuft, verrät Berthold nicht. Ich vermute, der Vopo hat ihm gezeigt, wo es günstig ist, wo die Minen liegen, wo sich nachts die größte Chance bietet. Vielleicht patrouilliert der Vopo am Todesstreifen und drückt beide Augen zu."

„Die gehen doch immer zu zweit."

„Stimmt. Und nachts, wo Leuchtspurmunition benutzt wird, sieht man verdammt genau, ob einer absichtlich vorbeischießt. Aber Berthold gab sich so zuversichtlich, wie ich ihn sonst überhaupt nicht kenne."

„Du meinst, er schafft es."

„Bestimmt."

„Und dann?"

„Wir haben eine bestimmte Stelle zwischen Bräuning und Bazburg verabredet. Ab ein Uhr früh warte ich dort auf ihn."

„Dienstag früh oder Mittwoch früh?"

„Mittwoch."

„Ich merke, wie sich alles zusammenfügt. Wirklich raffiniert. Ein Grund, die Gaberts in Bazburg zu besuchen. Damit wäre deine Anwesenheit in der Gegend erklärt. Auch wenn du später nur als Leiche auftrittst."

„Du verstehst mich, Schnucki. Genauso wird es. Wichtig ist nur: Niemand darf bemerken, wie Berthold über den Todesstreifen kommt. Niemand darf uns zusammen sehen. An geeignetem Platz erschieße ich ihn. Den Wagen stecke ich in Brand. Später, Schnucki, kommt es auf dich an! Den Anblick meiner Leiche kann ich dir nicht ersparen. Identifiziere *(erkenne)* mich! Trauere schön! Was die Versicherung betrifft, bitte nichts überstürzen. Sobald alles amtlich ist, zahlen die ohnehin."

„Da lasse ich mich vom Bezirksinspektor beraten. Als mittelose Witwe bin ich auf das Geld leider angewiesen."

„Mein ganzes Geld ist dann in deinen Händen. Du verkaufst die Villa, nicht wahr? Was dabei 'rausspringt, gehört uns leider nicht. Aber der Verkehrswert des Grundstücks deckt meine Verpflichtungen. Wer Forderungen an mich hat", er wand sich verlegen, „das . . . äh . . . darüber hinterlasse ich eine Aufstellung. Du erledigst das. Ein bißchen wird sogar übrigbleiben. Und dann die Millionen. Damit kommst du mir nach."

„Und wo versteckst du dich inzwischen?"

„Ich habe nachgedacht. So ganz weit weg möchte ich nicht. Außerdem muß es billig sein. Schließlich lebe ich monatelang von dem, was ich jetzt gerade noch habe. Nach meinem Ableben kannst du . . . ich meine, jede Bank gibt dir einen Kredit, wenn du die Versicherungspolice und meinen Totenschein vorlegst."

„Mein Gott, sind wir denn so am Ende? Nicht mal mehr Bargeld?"

„Du weißt doch: Meine Schuld ist es nicht. Die Konkurrenz hat mit unsauberen Tricks gearbeitet und mich fertiggemacht."

Immer die anderen, dachte sie, und du Idiot glaubst auch noch daran.

„Wo du untertauchst, Alfred – das können wir uns noch überlegen. Möglichst nicht eine Gegend, die überlaufen ist."

„Ich mache mich ohnehin unkenntlich – mit Bart und Perücke."

„Mir fällt ein, Alfred: Neunzehn Jahre sind zwar eine lange Zeit, aber sicherlich gibt's Bekannte deiner Eltern, die sich noch erinnern, daß die Söhne Zwillinge waren. Könnte da nicht jemand auf die Idee kommen . . ."

„Schnucki, damals wohnten wir doch in Neckstedt. Nach Bertholds Verschwinden zogen die Eltern gleich hierher. Die alten Freundschaften sind dann bald eingeschlafen. Und Wagner ist kein so häufiger Name."

Sie war zufrieden. „Am besten, du rufst gleich die Gaberts an. Ich muß doch nicht mit, oder?"

„Du darfst nicht mal mit. Stell dir vor, der Verdacht fiele

auf dich. Dir dort oben ein Alibi aufzubauen, ist schwieriger als hier. Wenn wir Dienstagabend bei den Gaberts wären, müßten wir uns zusammen verabschieden. Und dann? Aber hier: Da gehst du abends zu Bekannten, vielleicht zu den Rolfs. Bleibst bis zehn oder elf. Daß du dann nicht bis zur Mordzeit bei Bazburg sein kannst, sieht auch der blödeste Kriminaler ein."

★

Gunter hielt vor seinem Haus, setzte Locke und Tom ab und fuhr gleich weiter: zu Helga.

In einer Warmhalte-Packung brachte er ihr eine Pizza mit. Außerdem hatte er eine Flasche seines italienischen Lieblingsweins erstanden.

Locke lief ins Haus und stopfte ihr Kofferradio in einen Leinenbeutel.

Die Strippe zum Zubinden war lang genug, um den Beutel zu schultern. Aber draußen fiel ihr ein, daß das Toms Aufgabe war. Also mußte er sich den Beutel umhängen. Dann rollerten sie los.

Die Nacht war so dunkel wie gestern und lau.

Als sie sich dem Wagnerschen Grundstück näherten, richtete Tom sein Scheinwerferlicht auf die Garage.

Das Tor war geöffnet. Wagners Mercedes stand im Stall.

„Er ist zurück", meinte Tom. „Wir haben beim Italiener gespachtelt und hier den Anschluß verloren. Als Fahnder nach Erbschaftsbeweisen sind wir dritte Wahl. Das heißt, ich bin dritte Wahl. Du bist zweite Wahl."

„Wieso zweite?" schnappte sie. „Warum nicht erste? Ich wollte nicht in die Fattoria."

„Stimmt. Hättest du deinen Willen durchgesetzt, würde ich dich als Erbschaftsfahnderin zur ersten Sahne erklären. Aber du bist mitgelatscht und hast dir Scampi-Salat reingezogen – wider besseres Wissen, entgegen instinktiver Warnungen. Statt auf mich einzuwirken, bist du eingeschwenkt. Deshalb nur zweite Wahl."

„Es ist nicht zu fassen", sagte Locke zum matten Halbmond hinauf. „Mein Scheich tickt nicht richtig."

Grinsend beugte Tom sich hinüber.

Indem er sie auf die Wange küßte, meinte er: „Ich nehm dir nichts übel. Ich liebe dich mit deinen Fehlern."

„Willst du Kloppe beziehen?" lachte sie.

Sie fuhren an der Villa vorbei.

Alle straßenseitigen Fenster waren dunkel.

Sie parkten die Roller in der Gasse.

Tom fummelte am Radio. Er hatte die richtige Wellenlänge eingestellt, aber der Apparat blieb stumm.

„Im Terrassenzimmer ist niemand, Locke. Wagners schlafen schon. Fehlanzeige. Dann eben ein anderes Mal."

„Wahrscheinlich haben sie sich nur über Belanglosigkeiten unterhalten. Über eine Hannelore Kersten zum Beispiel, die den Alfons nicht erreichen kann. Und über den Kunden Erich Wurzel, der einen Bauplatz im Vorort sucht."

„Aber die kennen wir schon."

„Deshalb haben wir nichts verpaßt."

Sie räumten das Feld. Tom brachte seinen Schatz nach Hause und rollerte dann heim, wo er Gunter und Helga antraf, die sich einen Spätfilm in der Glotze ansahen, und den italienischen Wein kosteten.

Der Wein machte den Film erträglich.

# 12. Knoblauch warnt

Jörg Heldt schlief am Montag bis sechs Uhr abends. Als dann der Wecker schrillte, hätte er ihn am liebsten an die Wand gedonnert.

Eine Weile lag er noch im Bett. Braunes Sonnenlicht zeichnete einen verzerrten Rhombus an die Wand. Kein Vorhang war geschlossen, eines der Fenster sogar angekippt, und die Lärm-Sinfonie schallte beachtlich herein. Bei dem Gedanken, daß nichts ihn gestört hatte, wundert er sich.

Er duschte, rasierte sich, dachte an Christine und an eine gemeinsame Zukunft.

Vorsichtshalber steckte er nur wenig Geld ein. Eine Kaffee-Probierstube hatte gerade noch offen. Er trank drei Tässchen, suchte ein preisgünstiges Imbißlokal, aß, kaufte am Kiosk die Abendzeitung und marschierte heimwärts.

Die Inseratenteile wollte er sorgfältig lesen. Vielleicht war bei den Stellenangeboten was Vernünftiges dabei.

In den Straßen streckten sich jetzt die Schatten. Die Luft wurde blaustichig. Er ging an seinem Porsche vorbei. Den würde er morgen anbieten, günstig; innerlich hatte er sich längst davon getrennt.

Mit den Zeitungen unterm Arm trat er in den Lift. Ihm fiel ein: Er hatte vergessen, Christine zu fragen, ob sie hier gewesen sei, ob es ihr Parfüm war, das er gerochen hatte.

An die Wand gelehnt, hörte er auf das Surren. Ein großes Haus, viele Apartments, noch mehr Leute – es war erstaunlich, wie selten man einem Bewohner begegnete.

Unwillkürlich schnupperte er. Daß es im Lift nach Knoblauch roch, bemerkte er zum ersten Mal.

Der Lift hielt. Auf dem Flur entglitt Jörg eine Zeitung. Er hob sie auf, fingerte den Wohnungsschlüssel aus der Tasche und öffnete.

Es war dunkel in der Diele. Als er mit dem Ellbogen die Tür zudrücken wollte, verhielt er

Was war denn los? Überreizte Nerven? Er sah nichts, er roch Gespenster!

Auch hier schwebte Knoblauchduft, zog sich wie eine Fährte zum Wohnraum.

Jörg Heldt wäre nicht clever gewesen, hätte sein Gehirn nicht so gut funktioniert. Im Sekundenbruchteil schob sich vor seinem geistigen Auge das Bild zusammen: Seinen zweiten Wohnungsschlüssel, den hatte die Tussi noch: Margot Cordelius! Himmel, wie konnte er das vergessen! Und die Sachen des Köhlererben waren hier. Ahnte sie das? Zwar versteckt, aber unauffindbar waren sie nicht. Und jetzt? Nein, Margot nahm keinen Knoblauch! Sie hatte jemanden geschickt. Suchte der schon? Einer wie der suchte nicht! So einer lauerte mit dem Totschläger hinter der Tür.

„Zu blöd!" sagte er halblaut. „Schon wieder was im Wagen vergessen."

Einen Moment später stand er auf dem Flur und schloß die Wohnung von außen ab. Den Schlüssel ließ er schräggesteckt im Schloß.

Der Knoblauchfresser saß in der Falle.

Jörg fuhr in den Keller hinab. Zu seinem Apartment gehörte ein winziger Verschlag. Sperrgut, das sich nach jedem Umzug ansammelt, wartete dort auf die Abfuhr.

Er schloß auf, stolperte über einen Stapel Zeitschriften, schob zwei alte Koffer beiseite und suchte im Gerümpel.

Ein Stemmeisen schwebte ihm vor. Ein Knüppel wäre willkommen gewesen, ebenso eine Fahrradkette. Statt dessen fand er nur einen Hammer mit abgebrochenem Stiel.

„Auch gut!"

Er trieb das Holzstück heraus, riß einen taschentuchgroßen Lappen von der alten Campingdecke, wickelte den Hammerkopf drin ein und drehte den Stoffrest zum kurzen, aber handlichen Griff.

Den Totschläger schob er in die Hosentasche, dann fuhr er in seine Etage hinauf und betrat abermals die Wohnung.

Nichts hatte sich verändert. Friedliche Stille füllte die Dunkelheit der Diele. Irgendwo schwirrte eine Fliege, und der Knoblauchgeruch verflüchtigte sich.

Angst hatte er nicht. Er war grimmig entschlossen. Daß sich die Handflächen feucht anfühlten, war nur die Quittung für sein Luderleben mit zuviel Schnaps.

Er summte, stieß die Tür auf, roch Knoblauch und trat vor.

Noch auf der Schwelle blieb er stehen, die grauen Augen in gespieltem Schrecken aufgerissen.

Im Sessel am Fenster flegelte ein kaputter Typ. Verglichen mit ihm hätte man einen Penner als Domprobst anbieten können. In die schiefmaulige Pickelvisage hatte jemand die Nase hineingedroschen. Fettfilziges Haar hing über ausgefranste Ohren.

Eins merkte Jörg sofort: Quetschnase roch nicht nach Knoblauch.

Der Duft kam aus dem toten Winkel hinter der Tür.

„Bin ich in der falschen Wohnung, oder was ist los?"

Quetschnase grinste.

„Mensch, bist du schön! Übersteigst ja alle Erwartungen. Na, was ist? Bleibst du draußen? Ist doch deine Wohnung, wenn ich nicht irre."

„Was machen Sie hier?" fauchte Jörg. Er rührte sich nicht.

„Ausruhen! Sieht man doch. Außerdem habe ich mit dir zu reden."

„Wie kommen Sie 'rein?"

„Ganz legal durch die Tür. Sehe ich vielleicht aus wie ein Fassadenkletterer." Er deutete auf den Sessel gegenüber. „Nimm mal Platz, Heldt. Dann verrate ich dir mein Anliegen."

Jetzt! dachte Jörg.

Er spürte wollüstige Freude. Fest packte seine Hand den Stoffwulst. Ohne sich in Miene oder Bewegung zu verraten, zog er den Totschläger halb aus der Tasche. Er trat einen Schritt vor.

Diese Idioten! Anstelle der Knoblauchwolke hätten sie auch ein Schild *Vorsicht Dachlawine!* an die Tür hängen können.

Er geriet jetzt in die Reichweite des toten Winkels.

Rasch wandte er sich nach links. Dort stand der zweite – ein Kerl wie ein Baum. Drohend schwebte die Stahlrute in

der Luft. Es wirkte, als halte er sie schon lange schlagbereit. Vielleicht erlahmte ihm allmählich der Arm.

Wuchtig drosch er zu. Jörg reagierte wie ein Profi im Ring.

Mit kurzem Schritt wich er aus der Gefahrenzone. Der Hieb pfiff ins Leere.

Jörg schlug zu und traf. Der Hammerkopf klatschte auf

den Vierkantschädel, dort, wo die blonden Locken mit den Brauen zusammenwuchsen.

Es klang, als falle ein morscher Apfel vom Baum.

Fallend fegte der Kerl eine Vase vom Tisch. Sie enthielt nur Staub, kollerte über den Teppich und zerbrach nicht mal.

„Uiiih!"

Irgendwo hatte ein Schwein gegrunzt. Kein Schwein, Quetschnase äußerte Mißfallen.

Jörg sah, wie er erblaßte und unter die Jacke griff.

Es wirkte sehr routiniert *(geübt)* und als sei eine Pistole das Ziel.

Im Laufschritt konnte Jörg die Entfernung zwischen sich und Quetschnase nicht mehr überbrücken. Er schleuderte seinen Totschläger.

Er traf fast zu gut – mitten auf die Stirn.

Brüllend kippte Quetschnase samt Sessel um. Auf dem Boden rollte er hin und her und hielt sich beide Hände vors Gesicht.

Jetzt herrschte Ruhe.

Über seinen teuren Whisky hatten sich die Kerle hergemacht.

Jörg bückte sich zu Quetschnase. Er trug tatsächlich ein ledernes Schulterhalfter. Die Pistole war alt, aber gepflegt, außerdem scharf geladen.

Jörg verstaute sie im eigenen Gürtel. Er nahm Quetschnase auch die Brieftasche ab. Sie enthielt zehn Hunderter. Führerschein und Paß lauteten auf den Namen Bruno Kolsky.

Beim Komplicen handelte es sich um einen blonden Hünen mit Idiotengesicht. Die Platzwunde blutete sehr.

Besorgt fühlte Jörg nach dem Puls, aber der war in Ordnung, und seine Gehirnerschütterung hatte sich der Kerl selbst zuzuschreiben.

Außer der Stahlrute besaß er keine Waffen, auch keine Brieftasche, aber einen lappigen Führerschein und ebenfalls zehn Hunderter. Auf dem Führerschein stand, er heiße Ferdinand Maurer.

Jörg sagte: „Wunderbar! Herrlich! Besser kann's gar nicht sein.“

Daß die beiden von Margot Cordelius geschickt waren, stand für ihn fest. Das hieß: Sie versuchte, die Sachen des Köhlererben mit Gewalt zurückzuholen, da die anderen Mittel versagt hatten. Blöde Kuh!

Der Zweitschlüssel seiner Wohnung!

Er steckte in Kolskys Jackentasche.

Als Jörg trotz Maurers Knoblauchfahne das Fenster schloß, stöhnte der eine vernehmlich. Es war Kolsky.

Mit Hilfe der Arme setzte er sich auf. Er starrte um sich und begriff noch nicht viel.

Jörg setzte sich in den entferntesten Sessel und beobachtete die beiden. Aber Maurer schlief wie eine Ratte.

„Setz dich wieder dort hin!“ Kolsky war gemeint.

„Mein Gesicht!“

„Ich schlage dich tot, wenn du mir den Teppich versaust! Nimm endlich ein Taschentuch oder wenigstens den Ärmel! Wisch dir das Blut ab!“

Kolsky wimmerte, winselte, taumelte, fiel auf den Sessel, hielt sich ein Papiertaschentuch ans Gesicht, starrte die Whiskyflasche auf dem Tisch an und ergab sich seinem Pech.

„Von dir will ich nur wissen, wer dich schickt. Dann kannst du den da schultern und abziehen. Eure Papiere werde ich allerdings zunächst bei meinem Anwalt hinterlegen. Hörst du zu?“

Kolsky nickte.

„Sollte mir irgendwas, irgendwie, irgendwo passieren, schickt mein Anwalt eure Ausweise mit entsprechendem Begleitbriefchen zur Polizei. Die kennt euch sicher schon.“

Kolsky wirkte gequält. „Ich . . . sich sage . . .“, es klang als stecke in jedem Nasenloch ein Daumen, „alles, Herr Heldt. Aber geben Sie mir [illegible]“

„Halt die Schnauze! Du kannst nur noch Dresche beziehen, wenn du nicht sofort sagst, wer euch angeworben hat. Natürlich weiß ich das längst. Ich will nur die Bestätigung. Wie heißt die Dame?"

„Sie wissen es ja schon", murmelte Kolsky.

„Ich will den Namen hören."

„Sie hat sich nicht vorgestellt. Aber ich bin ihr nach. In der Villa wohnt eine Margot Cordelius. So 'ne Blonde, viel Parfum und Flitter. Für mich steht fest, daß es Margot Cordelius war."

„Ihr habt jeder einen Tausender gekriegt?"

Kolsky nickte.

„Und?"

„Wir sollten Ihnen 'ne Abreibung geben. Und gewisse Sachen aus der Wohnung holen. Babywäsche mit Monogramm. Mit MK drauf. Und ein goldenes Kettchen mit Anhänger. Falls Sie das nicht rausgeben, sollten wir Ihnen sämtliche Knochen brechen."

Diese Alte! Die schreckte vor nichts zurück, nachdem er ihre vermeintliche Anhänglichkeit zurückgewiesen hatte.

„Wo hat euch die Blonde aufgetan?"

„Sie kam in unsere Kneipe. Mit Faßbauch hat sie geredet. Das ist der Wirt. Wir saßen gerade beim Bier, und der hat sie zu uns an den Tisch gesetzt. Mit dem Geld, das die auspackte, waren wir uns schnell einig."

„Sollt ihr sie benachrichtigen?"

„Um halb zwölf sollen wir ihr die Sachen bringen. Hat uns ihre Adresse aufgeschrieben. Es ist bei der Villa."

Kolsky suchte in der Hosentasche nach dem Zettel.

„Kannst dich freuen, daß ich euch nicht der Polizei übergebe. Was da zusammenkäme: gewaltsames Eindringen, Raub, Mordversuch."

Maurer stöhnte und rollte auf die linke Seite.

„Nimm deinen Kumpan und verschwinde", wurde Kolsky von Jörg angeherrscht.

„Wie soll ich den – der ist mir zu schwer."

„Interessiert mich doch nicht! Und wenn du ihn an den Füßen 'rausschleifst."

„Und meine Pistole?"

„Vielleicht gebe ich dir noch 'ne Quittung dafür! 'Raus! sage ich."

Maurer kam seinem Komplicen hilfreich entgegen, wurde nämlich wach, hielt sich stöhnend den Schädel und sah dann voller Entsetzen das Blut an seinen Händen.

Von Kolsky gestützt, schaffte er's bis zum Flur.

Jörg sah ihnen nach.

Sie boten einen schaurigen Anblick. Er konnte nur hoffen, daß sie bis zur Straße niemandem begegneten.

Jetzt herrschte Hochstimmung in Jörgs Apartment.

Er pfiff und stellte die Stereo-Anlage an.

Mit Sorgfalt suchte er Boden, Teppich und Sessel nach Blutflecken ab. Aber die Ganoven hatten nur ihre Textilien beschmutzt.

Die rufen Margot nicht an. Klar! Riefen sie an, wäre ihr Schlägerlohn gefährdet. Die verkriechen sich in ihre Kanalröhren und lecken die Wunden. Und um Mitternacht gehe ich zu Margot.

Gern hätte er Christine Wagner angerufen. Aber das war jetzt riskant. Ihr Mann war vermutlich schon zurück.

Zweimal zugeschlagen, dachte er, und um 2000 Mark bin ich reicher, die Pistole nicht gerechnet.

★

Der Abend verging.

Um halb zwölf stieg Jörg in seinen Porsche. Er fuhr rasch, hielt vor der Villa und schellte am schmiedeeisernen Tor.

Die Nacht war lauschig und warm, schwer von Blütenduft und dem Geruch nach Regen. Im Westen hatte sich eine Wolkenwand aufgebaut. Ab und zu wetterleuchtete es herüber.

Aus der Gegensprechanlage am Pfeiler flatterte ein Atemzug. Dann: „Ja?"

Jörg nuschelte undeutlich, als steckten ihm die Zähne lokker im Kiefer.

„Ich bin's."

„Aha. Komm 'rein."

Sie scheint darauf zu spekulieren, dachte er, daß ich erstens Kavalier bin, zweitens Angst habe. Schließlich könnte sie von mir vermöbelt werden.

Dezentes Summen drang aus der Elektro-Sicherung des schmiedeeisernen Tors. Er drückte dagegen.

Dann ging er durch den sträucherbepflanzten Garten, über den knirschenden Kiesweg, an brennenden Laternen vorbei in Richtung Doppelgarage.

Daneben stand die Villa und Margot Cordelius auf der Terrasse. Sie trug irgendwas Teures in Blutrot.

„Dir fehlt noch das Beil", sagte er, „dann wäre der Henker fertig."

Ihr Hochmutslächeln fror langsam ein.

Er stand jetzt im vollen Licht, das aus dem Terrassenzimmer fiel. Ihr Blick suchte nach Spuren der Abreibung.

„Na, dann gehen wir mal 'rein, liebe Margot."

„Was willst du?"

„Bin ich nicht herbestellt? Sag nur, die beiden hätten sich einen Scherz erlaubt?"

„Welche beiden?"

Ihre Stimme wackelte. Die ganze Frau roch nach Angst. Hastig griff sie in das Handtäschchen. Aber er war schneller.

Er riß ihr die kleine Pistole weg, bevor sie den Kolben gepackt hatte. Es war eine 6.35er Beretta.

„Aber, aber! Wozu denn das? Hast du einen Waffenschein? Natürlich nicht. Wahrscheinlich aus Italien oder Spanien eingeschmuggelt, nicht wahr? Was ich an dir entdecke, Margot Cordelius, erschüttert mich. Einen richtigen Hang zum Kriminellen. Und mit welchen Leuten du dich abgibst."

Ohne sich um sie zu kümmern, ging er ins Terrassenzimmer, sah sich um und pfiff anerkennend.

Hinter sich hörte er, wie sie die Tür schloß.

Sie lehnte an der Wand und war jetzt sehr blaß.

„Damit wir uns nicht mißverstehen: Deine beiden Schläger sind krankenhausreif. Deren Ausweispapiere deponiere *(hinterlege)* ich morgen früh im versiegelten Umschlag bei einem Anwalt. Natürlich mit erklärendem Begleitbrief. Das nur für den Fall, daß du dich zu noch härteren Maßnahmen entschließt."

Wenn sie erschrickt, dachte er, sieht man, daß sie nicht mehr zwanzig ist.

Margot Cordelius knetete die Finger ineinander, öffnete die Lippen, schwieg aber.

„Was du angezettelt hast", sagte er, „ist wohl das Mieseste. Und damit eins klar ist: Ich habe diese Sachen nicht, die deine Schläger holen sollten. Ich habe zwar damals gecheckt *(kapiert)*, daß du deiner lieben Freundin Paula Woretzki die Sachen des Köhlererben – was angeblich ihr Sohn Toni sein soll – daß du ihr die Sachen geklaut hast. Aber mich interessiert das Zeug nicht, ist sowieso alles Mumpitz *(Unsinn)*."

„Du lügst! Du hast die Sachen. Wer sonst! Du erpreßt Paula. Jörg! Laß uns das zusammen machen. Ich beteilige dich. Ich . . ."

„Gern! Aber ich denke, du hast das Zeug nicht mehr. Was willst du ihr anbieten, heh! Und ich kann nur wiederholen: Ich besitze nichts von den Sachen."

Sie ging durch den rasentiefen Teppich zum Kamin.

„Du hörst noch von mir."

„Was soll das heißen?" brüllte er.

Sie zuckte zusammen.

„Schon gut, ich lasse es dabei. Ich verzichte. Ich hoffe, du krepierst."

„Danke! Dir wünsche ich ewige Jugend und hin und wieder einen Grund zum Fröhlichsein."

Als er durch den Garten zur Straße ging, erloschen die Laternen.

Die Luft war schwül. Es roch stark nach Regen. Gewitter grummelte heran. Pralle Wolkenbäuche verdeckten die Sterne und hängten sich tief über die Stadt.

★

Georg Gabert war Steuerberater, fett, trinkfreudig und von Friedl, seiner Frau, so abhängig, daß er sich Taschengeld zuteilen ließ. In seinem Gefäßsystem kursierten drei Liter Blut zuviel – ein medizinisches Wunder.

Friedl war sechs Jahre älter als er.

Sie bekam keine Kinder. Das reichte, um sie Zeitlebens mit schlechter Laune auszustatten.

In Bazburg am Zonenrand besaßen die Gabers ein hübsches Haus. Wie dort die Stimmung war, bestimmte Friedls Faltengesicht.

An diesem Abend saßen sie vor dem TV. Georg öffnete die zweite Flasche Gewürztraminer. Cognacfarben gluckerte der Wein ins Glas.

„Soll ich umschalten?“

Georg fühlte, Friedl war mit dem Programm nicht zufrieden. „Ich glaube, drüben läuft ein Film.“

‚Drüben‘ – das war das DDR-Fernsehprogramm.

Bevor Georg auf den Ferntaster drücken konnte, schrillte das Telefon. Es war genau 22.30 Uhr an diesem Montagabend.

Mit entschuldigendem Blick nahm er den Hörer ans Ohr.

„Alfred“, rief er, nachdem er sich gemeldet hatte. „Natürlich habe ich dein Telegramm erhalten. Wir freuen uns.“

Am anderen Ende der Leitung sagte Alfred Wagner, nachdem sie eine Weile geredet hatten: „Es geht leider nicht länger. Ich kann nur den morgigen Abend bei euch verbringen.“

„Hauptsache ist, daß wir uns wiedersehen", versicherte Gabert.

„Grüß Friedl, Georg! Also bis morgen."

Georg ging zu seinem Sessel und fischte ein winziges Korkstück aus dem Glas. „Der freut sich."

„Bringt er seine Frau mit?"

„Ganz vergessen zu fragen. Aber ich glaube nicht. Komisch, daß du sie nicht leiden kannst."

Komisch ist daran eigentlich nichts, dachte er. Sieht man euch beide an, wird verständlich, daß dir vor Neid die Galle hochkommt.

„Ich kann auch ihn nicht leiden", sagte Friedl.

Sie hatte wirklich viel Falten. Jugendlichkeit versuchte sie mit silberblonder Frisur herzuzaubern. Daß Silberblond bei ihr wie schneeiges Altersgrau wirkte, ging ihr nicht auf.

„Du tust ihm unrecht. Er ist ein netter Kerl."

„Ein Immobilien-Makler."

„Du sprichst das aus wie ein Schimpfwort."

„Bitte, schalt jetzt endlich auf den anderen Kanal!"

Aber auch der rote Kanal konnte den Abend nicht retten.

Sie gingen früh zu Bett. Friedl sah mit ihrer Vitamin-Creme-Maske wie ein Buschneger aus. Sie las in einer Frauenzeitschrift, während Georg schon schlief.

Besorgt beobachtete sie sein tomatenrotes Schweinsgesicht. Bestimmt hatte er wieder Blutdruck 200. Vielleicht war es besser, wenn er mit dem schweren Wein endlich Schluß machte.

In Gedanken hörte sie schon seinen grämlichen Protest: „Was bleibt mir dann noch? Außer Arbeit und dem verdammten Kegelabend?"

Friedl lachelte. Sie würde ihm schon klarmachen, daß *sie* sein Glück und die Hauptsache war. Mit *ihr* zu leben, war Belohnung genug.

# 13. Süße Lasten sind leicht

Morgensonne leuchtete den Amsel-Weg aus.

Auch für den heutigen Dienstag war hochsommerliches Wetter angekündigt.

Locke und Tom hatten ihre Roller in einer Seitenstraße geparkt.

Seit einer halben Stunde saßen sie hinter einem dichten Busch auf der Rückseite des kleinen Gartens.

Der Platz war günstig gewählt. Niemand sah sie. Umhüllt von grünen Zweigen, lehnten sie Rücken an Rücken. Irgendwann mußte Schäwig zurückkommen.

Tom hatte die zweite Wanze mitgebracht, Locke ihr Kofferradio. Auch die zweite Wanze war mit Widerhaken versehen.

Tom biß in ein Butterbrot, das er sich als Frühstück mitgebracht hatte. Auf Lockes Zunge lag noch der Geschmack der Honigmilch.

„Es ist zwar sehr hübsch hier – zum Picknicken, Tom. Aber wenn der Kerl nicht bald kommt, langweile ich mich."

„Ich bin entsetzt, Schatzi! Wie kannst du dich in meiner Gegenwart langweilen."

„Du drehst mir den Rücken zu und schmatzt mir was vor."

„Protest! Ich esse lautlos. Nicht mal mein Magen hört's. Er ist überrascht, wenn was auf ihn zukommt. Wir . . ."

„Pst!" Sie stieß ihn mit der Schulter an. „Das klingt nach Schäwigs Heizölferrari."

„Dann hat seine Schwester nicht gelogen. Er kommt tatsächlich zurück."

Sie hörten, wie der Diesel neben das Haus gelenkt wurde. Der Motor verstummte. Ein Schlag fiel zu. Schritte auf dem Sand. Tom äugte durch die Zweige. Aber Schäwig ging vorn ums Haus und geriet nicht in Toms Blickfeld.

Wenig später wurden die rückseitigen Fenster des Wohnraums geöffnet.

„Damit habe ich gerechnet", flüsterte Locke. „Das ist typisch.Man war verreist, kehrt zurück und läßt erstmal frische Luft in die Hütte – noch dazu an einem Sommertag wie heute. Selbst eine Kellerassel wie Schäwig weiß den Blütenduft dieser Scholle zu schätzen."

„Hör mal, wie er asselt."

Schäwig rumorte. Die Toilettenspülung rauschte. In der Küche wurde der Eisschrank geöffnet.

Sie hörten ihn fluchen, als ihm die Bierflasche – oder was es war – aus der Hand fiel. Aber sie fiel weich, zerbrach jedenfalls nicht.

Er machte: „Ahhhhh!"

Dann stieß er auf – so unmanierlich, wie man's nur tut, wenn man allein ist.

„Entweder er hat eine lange Fahrt hinter sich", wisperte Tom. „Oder er ist mit der Bahn zurückgekommen, und der Diesel stand im Parkhaus."

„Vielleicht war er in Honolulu. Dann ist er geflogen, und sein Schlitten stand am Flughafen."

„Egal! Ich werf jetzt die Wanze rein. Daß ihn Christine hier besucht, ist nicht anzunehmen. Aber er hat Telefon und könnte mit ihr über die Sachen . . . Horch! Ich glaube, er wählt."

In dieser Gegend brauste kein Verkehr. Kein Supermarkt lockte Kunden an. Um ein Bürogebäude zu sehen, hätte man ein Fernglas gebraucht. Vormittagsstille, die man in Randbezirken auch größter Städte antrifft, lag über dem Viertel.

Locke und Tom hörten nicht nur den Flügelschlag der Insekten. Sie hörten auch, wie Schäwig an der Wählscheibe kurbelte. Es bedurfte der Wanze nicht.

Er wählte zehn mal.

Also ein Ferngespräch in eine Großstadt: dreistellig die Vorwahl, siebenstellig der Anschluß des Teilnehmers.

Christine ist nicht gemeint, dachte Locke. Da hätten sieben genügt.

„Ist noch ein altes Rohr *(Telefon)*", flüsterte Tom. „Bei einem neuen hätte er nur die Tasten gedrückt."

Schäwig räusperte sich.

„Verbinden Sie mich bitte mit Mr. Charles Keelan", verlangte er halblaut.

Keelan! Aber ja! Locke hätte fast ihren Hut verloren. Das war doch der Ami mit der vorjährigen Miß USA. Das Zeitungsfoto! In Berlin waren sie eingetroffen, die prominente *(bedeutende)* Tussi und ihr betuchter Scheich.

Locke spürte die Erkenntnis wie einen Stromschlag, der vom Hinterhaupt bis zum Nabel fuhr.

Der! Der war's, der die Ähnlichkeit – irgendwie im Gesicht und so – mit dem Verbrecher Karl Seitz voll drauf hatte. Echt wahr!

Cool bleiben! dachte sie. Auch wenn mein Schwein pfeift. Das haut den stärksten Rollmops aus der Konserve!

„Tooom! Ich weiß jetzt, woher ich Karl Seitz kenne!" Sie wisperte. „Der ist es!"

„Waaas? Schäwig?“

„Nein! Es ist . . .“

„Hallo, Mr. Keelan!“ schnarrte Schäwigs Stimme aus dem geöffneten Fenster. „Sie erinnern sich an mich? O ja! Ich hatte schon mal das Vergnügen, Sie zu belästigen. Machen wir's kurz, Karl Seitz! Ja, du bist Karl Seitz, Junge! Das ist arschklar! Und die Kripo würde sich freuen, wenn sie deine Fingerabdrucke nimmt. Hör genau zu! Ich sag's nur einmal. Du bist erkannt. Was dich erwartet, wenn sie dich fassen, weißt du selbst am besten. Über deine Verbrechen ist nur dünnes Gras gewachsen. Wenn ich dich hochgehen lasse, kommst du aus dem Knast nicht mehr raus. Dir würde es auch nichts nützen, wenn du mit vollem Speed *(eiligst)* 'ne Mücke machst. Ich weiß, hinter welchem Namen du dich verbirgst. Die bürgerliche Fassade, die du dir drüben in den Staaten aufgebaut hast, nützt dir nichts mehr. Mit Wonne würden die dich ausliefern. Kann ja sein, daß du hinter den Kulissen ein großer Gangster bist – denn auf ehrliche Weise hast du deinen Zaster bestimmt nicht erworben. So oder so – du sitzt in der Tinte. Aber ich bin ja kein Unmensch. Für 100000 Dollar schweige ich nicht nur wie ein Grab. Da schweige ich wie der ganze Westfriedhof um Mitternacht. Du hast keine Wahl, Seitz. Zahlen – oder du verbringst deine restlichen Tage hinter Gittern, und die schöne Belinda krallt sich den nächsten Macker mit Geld. Bei der bist du austauschbar wie 'ne Autobatterie. Klar?“

Was Keelan, alias Seitz, erwiderte, konnten Locke und Tom natürlich nicht hören. Aber das war kaum noch wichtig.

Tom hatte sich umgewandt und küßte seine Freundin auf die Schulter, gleich neben den Spaghetti-Träger.

„Den hast du gemeint, nicht wahr? Toll!“

„Hör auf! Das kitzelt.“

„. . . freue mich, daß du vernünftig bist“, tönte Schäwig jetzt. „Ist die richtige Einstellung, Seitz. Die 100000 zahlst du doch mit links. Dann hast du Ruhe. Von mir hörst du nie wieder. Wer ich bin? Da mach dir mal keine Gedanken. Was? Schäwig? Kenne ich nicht. Nee! Ich bin das nicht. Aber hör jetzt zu. Du läßt dir den Zaster kommen. Morgen abend melde ich mich wieder. Dann sage ich dir auch, wie und wo du dich dieser Summe entledigst. Klar? Also, bis morgen abend, Seitz! Und keine Tricks. Es wäre nur zu deinem Nachteil."

Der Hörer fiel auf das Kunststoffgehäuse.

Stille.

Bienen summten über den Büschen. Vier oder fünf Grundstücke entfernt kläffte ein Hündchen.

„Jetzt haben wir ihn", sagte Tom durch die Zähne. „Ist einfach irre, daß wir das mitkriegen. Wahnsinnspower! Und nur, weil wir nicht im Schwimmbad rumommeln oder pofen, sondern dort sind, wo die action abgeht. Hier! Von nichts kommt nichts, Schatzi! Langweilst du dich noch?"

„Nicht mehr so sehr."

Tom zog schon die Füße an, um hochzuschnellen. Aber sein Zugriff hätte Schäwigs Info-Freudigkeit vorzeitig den Hahn abgedreht.

Der wählte schon wieder.

„Bitte, verbinden Sie mich mit Frau Woretzki!" verlangte er „Anzeigen-Abteilung."

Locke machte „Hach!"

Tom zog die Luft ein, daß ein Schmetterling taumelnd von der Flugroute abkam.

„Paula?" sagte Schäwig. „Du, leg nicht gleich auf. Ja, ich bin's. Laß uns mal reden. Du hast mir die Bullen auf den Hals gehetzt. Und diesen Kacker Rehm. Und die verdammten Gören. Umbringen könnte ich die alle. Einen Haß habe ich. Besonders auf dieses Mädchen, diese . . . Aber lassen wir das! Darum geht's nicht. Ich will dir nur sagen, daß du echt auf der Holzbohle bist. Ich habe die verdammten Klamotten von deinem Toni nicht. Ehrlich nicht. Weranders hat die geklaut. Weiß du, auf wen ich tippe? Denk doch mal nach über deine liebe Freundin Margot Cordelius. Ich wette, die hat dich aufs Kreuz gelegt. Die hat zwar Geld wie Heu. Aber sie ist 'ne Hyäne. Die kriegt nie genug. Du weißt doch, je mehr einer hat, um so mehr will er. Ist genau der Typ. Ich wette, die hat klammheimlich die Klamotten abgestaubt und zieht dir jetzt das Fell über die Ohren. Ich, Paula, bin's jedenfalls nicht. Also pfeif die verdammten Bullen zurück. Und vor allem die Rehms. Beim nächsten Mitternachts-Treffen bringe ich die Gören sonst um. Was? Ach, das habe ich nur so gesagt. Hat keine Bedeutung. Um Mitternacht schlafe ich. Gehab dich wohl!"

Er legte auf, stolperte in die Küche und holte sich die nächste Flasche Bier.

„So!" sagte Tom.

„Beim nächsten Mitternachts-Treffen . . . Ob er dann wieder mit lebensgefährlichen Stahlkugeln schießt, wieder Vogelscheuchen aufstellt und 'ne Puppe in einen alten Kinderwagen legt, um uns zu verladen? Tom, ich bin entrüstet."

„Mit Recht, Schatzi. Der Saukerl hat uns mit Hinterlist in die Falle gelockt. Dich wollte er fertigmachen, was ich ihm besonders übelnehme."

„Andererseits, Tom, klingt seine Einlassung bezüglich der Köhler-Klamotten so echt wahr, daß sich mir der Gedanke reinpfeift, wir schnüffeln die ganze Zeit auf falscher Fährte."

„Es wäre blamabel und beträfe auch Gunter, ist aber drin. Komm!"

Er stand auf, ohne sich vorzusehen, faßte Locke in den Achseln und stellte sie auf die Sandalen.

„Du gehst mit mir um", funkelte sie ihn an, „als wiege ich überhaupt nichts."

„Süße Lasten sind leicht", grinste er. „Außerdem ist deine Taille so umfangreich wie bei mir der Hals."

Er trampelte voran durch die Büsche zum Haus. Locke schwebte ihm nach und drückte den Strohhut auf die dunkle Mähne. Heute war's der mit dem roten Band.

He. Ihr Läuse!

Am geöffneten Fenster zeigte sich niemand.

Schäwig war in der Küche.

Tom flankte hinein, faßte Locke bei den Händen und zog sie ins Haus.

In diesem Moment kam Schäwig aus der Küche.

„Heh!“ brüllte er. „Ihr Läuse! Ihr . . . Was macht ihr hier? Raus! Raaauuus! Oder ich rufe die Bul . . . Polizei!“

Tom schob Locke in Richtung Telefon.

„Ruf den Kommissar schon mal an! Das andere erledige ich!“

Schäwig hielt eine Bierflasche in der Hand.

Kochend vor Wut riß er sie hoch wie eine Keule. Er stürzte sich auf Locke, die sich dem Telefon näherte.

Tom bedankte sich für die heimtückische Falle auf dem Westfriedhof – für die Stahlkugelgeschosse, die tödlich sein können und leicht auch ein Auge kosten.

Schäwig erhielt die Strafe seines Lebens, obwohl es nur Sekunden dauerte und nicht acht Jahre wie der Knast – oder wie die Strafe, die jetzt ihm bevorstand.

„Amsel-Weg 13“, sagte Locke in den Hörer. „Bitte, kommen Sie rasch. Wer da schreit? Wieso? Jetzt ist er doch ruhig.“

★

Jörg blieb den ganzen Vormittag zu Hause.

Um 12 Uhr rief einer an und wollte wissen, wieviel der Porsche kosten solle.

„Fünfzehntausend“, sagte Jörg. „Das ist fast geschenkt. Der Wagen . . .“

Aber der Anrufer hatte schon aufgelegt.

„Armleuchter!“

Jörg knallte den Hörer auf die Gabel. Fünfzehntausend – das war wirklich verschenkt und weit unter Listenpreis. Sein Inserat verhieß nur ‚einmalige Gelegenheit‘ und gab die Telefonnummer an.

Vielleicht, dachte er, sollte ich mit dem Preis hochgehen. Das wirkt seriöser *(vertrauenswürdiger)*. Die Käufer denken sonst nur, irgendwo sei eine faule Stelle vertuscht. Probieren kann ich's ja.

Der nächste Anrufer paßte, als er hörte, es sei ein neues Modell und ein neuwertiger Wagen. Der dritte war Gebrauchtwagenhändler und produzierte Heiterkeit, als Jörg 20000 forderte. Aber der vierte biß an.

Sie trafen sich eine Stunde später. Der Interessent war ein Endfünfziger mit Revoluzzer-Schnurrbart. Er trug maßgeschneiderte Kluft und hätte für schmerzlose Beseitigung seiner Tränensäcke ein Vermögen ausgegeben.

„Heißer Schlitten, der Ofen, was?" bekundete er.

„Jedenfalls nichts für einen Opa. Der ist richtig für harte Männer. Ich glaube, Sie werden damit fertig."

Nach dem Preis fragte der harte Opa nicht.

„Unfallfrei?"

„Der hat nicht mal 'nen Unfall von weitem gesehen."

„Machen wir 'ne Probefahrt?"

Sie quälten sich eine halbe Stunde in der Innenstadt herum, gerieten durch Zufall auf eine fast freie Ausfallstraße; und der Opa klemmte das Gaspedal am Boden fest.

Der Porsche machte einen Satz, als wäre er raketengetrieben.

„Doooooollllll."

Opa war begeistert, bremste ohne Gefühl, fand den Rückweg, überzeugte sich noch, daß die Karosserie nirgendwo Roststellen hatte, starrte die Maschine an, ohne davon das Geringste zu verstehen, beäugte den Tacho, den Zustand der Teppiche und zuletzt die Papiere.

„Angemeldet ist er noch?"

„Aber ich verständige heute die Versicherung und auch die Zulassungsstelle."

„Gut."

„Sie nehmen ihn?"

„Wenn er nicht zu teuer ist?“

Zwanzigtausend waren dem Opa nicht zuviel. Er bezahlte mit Scheck. Sie gingen zur Bank. Jörg überzeugte sich, daß der Scheck gedeckt war. Den als Sicherheit hinterlegten Kfz-Brief ließ er sich geben. Der Opa nahm die Papiere und zog beglückt ab.

Jörg zahlte den Scheck ein. 13400 Mark deckten die Restschuld.

Als er zu Hause war, rief Christine ihn an.

„Ich kann gerade sprechen. Aber Alfred kommt jeden Moment zurück. Ich muß dich sehen, Jörg. Denkst du an mich?“

„Nur an dich. Immerzu. Wann geht es?“

„Er fährt nachher zur Zonengrenze.“

„Wann?“

„Ich rufe dich an, sobald er weg ist. Du wartest am Telefon, ja?“

„Eben habe ich meinen Porsche verkauft. Ein älterer Knabe gibt jetzt damit an. Wie lange bleibt dein Dicker weg?“

Beinahe hätte sie gesagt: Der kommt überhaupt nicht zurück.

„Montagabend ist er wieder da.“

„Ich wußte nicht, daß Immobilien-Makler soviel unterwegs sind?“

„Diesmal ist es mehr . . . mehr privat.“

„Gut, daß du dich drücken kannst.“

„Und wenn ich Scharlach gekriegt hätte. Mir wäre was eingefallen, um hierzubleiben. Ich freue mich auf nachher. Und wie!“

„Ich zähle die Minuten.“

„Tschüs!“ Sie legte auf.

# 14. Toter Fisch am Troggen-See

Christine hörte Alfreds Schritte in der Diele und drehte sich um, als er eintrat.

Gellend schrie sie auf.

„Was . . . was wollen Sie? Wie . . ."

Erst dann begriff sie. „Alfred, bist du's?"

Er grinste unter seiner Maske.

„Entschuldige, Schnucki. Erschrecken wollte ich dich nicht. Aber die Generalprobe war ein voller Erfolg, was? Könntest du dir vorstellen, daß mich jemand erkennt?"

„Unmöglich."

„Will ich meinen!"

An der Figur hatte sich nichts verändert, aber den Schädel bedeckten jetzt dunkle Locken. Schnurr- und Kinnbart hatten einen Stich ins Rötliche, wirkten echt, paßten sogar zu seiner Haut. Die Gläser der Hornbrille waren grün getönt.

„In drei Geschäften habe ich mir das besorgt."

„Erstaunlich. Du bist der Typ dafür, Alfred. Man sieht nicht, daß es künstlich ist."

„Einzige Sorge: Darunter werde ich schwitzen wie ein Affe. Soll ich dir was sagen? Damit bin ich so unkenntlich, daß ich mich nicht am Nordpol verstecken muß. Ganz frech setze ich mich ins dickste Touristengetümmel. Für das, was ich einfädele, will ich belohnt sein. Mein vorläufiges Versteck liegt am Gardasee."

Warum nicht, dachte sie. „Warum nicht? Aber schwimmen kannst du in der Verkleidung nicht."

„Das läßt sich verschmerzen."

Er nahm die Perücke ab. Vorsichtig löste er den angeklebten Bart.

Auf der Couch sitzend, winkte er sie neben sich.

Und so sieht ein Mörder aus, dachte sie. Er plant und organisiert sein Verbrechen wie einen Camping-Ausflug. Wie selbstgefällig dieser Fettwanst sein kann.

Alfred Wagner nahm seine Brieftasche aus der Jacke. Das Kroko-Leder war zum Platzen gefüllt. Acht Päckchen schichtete er zwischen sich und Christine auf die Couch, acht Tausender-Bündel.

„Ich habe zusammengekratzt, was zu kriegen war. Wurde mehr, als ich dachte. Die Bank weiß nicht, wie es um uns steht. Denen habe ich erzählt, ich hätte in letzter Zeit meine Einkünfte auf ein Auslandskonto einzahlen lassen. Daß ich mich an Grund und Boden verspekuliert habe und . . . äh, ich meine, daß meine Ehrlichkeit mir das Genick gebrochen hat, ahnen die nicht. Schon gar nicht, welche Forderungen man bald an uns stellen wird."

„Jaja. Achttausend haben wir also."

„Zweitausend lasse ich dir hier."

„Vier Mille wären mir lieber."

„Zum Überbrücken reichen zwei. Dann spielst du die Versicherungspolice aus. Ich brauche mehr. Italien wird immer teurer. Nach vier Wochen rufe ich dich erstmals an. Ich melde mich als Peter Weinzierl."

Er grinste verschwörerisch. „So heiße ich ab jetzt. Nachher kriege ich den gefälschten Reisepaß und den gefälschten Führerschein. Allein dafür muß ich noch tausend berappen. Dasselbe habe ich schon angezahlt. Übrigens weiß der Kerl nicht, wie ich wirklich aussehe und wer ich bin. Bislang hatten wir nur telefonisch Kontakt. Wenn ich ihm die Paßfotos aus dem Fotomaton bringe, sieht er mich mit Bart und Perücke. Gut, was?"

„Du denkst an alles. Ich bewundere dich."

„Halb so schlimm", wehrte er ab – mit einer Miene, die nach Anerkennung schrie.

„Dann sehe ich dich lange nicht, Alfred."

„Wie schwer *mir* das erst fällt, Schnucki!"

„Kannst du dich nicht zwischendurch irgendwie melden – damit ich weiß, alles hat geklappt."

„Gut. Weinzierl schickt eine Karte. Aber nicht an die

Hausadresse, ans Schließfach. Ich schreibe meine Adresse drauf. Du vernichtest die Karte sofort."

„Aber bitte vergiß das nicht, Alfred. Ich komme sonst um vor Angst."

Er tätschelte ihren Arm. „Du bist lieb, Schnucki. Für dich lohnt es sich, Millionen zu machen."

„Ein bißchen bin ich ja beteiligt."

„Klar. Auf deine schauspielerischen Fähigkeiten kommt es an. Aber da vertraue ich dir ganz. Du wärst keine Frau und vor allem nicht so eine Frau, wenn du die Kriminaler nicht einwickelst."

Sie schwieg einen Moment, ordnete ihre Gedanken und sah ihn von der Seite an.

„Du wirst ihn erschießen, nicht?"

„Ja."

„Aber – ich meine, ich weiß das aus Krimis: Sind nicht alle Pistolen registriert? Und am Geschoß kann man doch feststellen, aus welcher . . ."

„Keine Sorge. Ich verwende einen alten Browning. Die Waffe habe ich vor Jahren von einem Ganoven gekauft. Bestimmt lebt der Kerl nicht mehr. Außerdem war die Pistole jahrzehntelang von Hand zu Hand gegangen. Die ist nirgendwo registriert."

Christine war beruhigt.

„Ein bißchen Sorge macht mir was anderes", meinte er, „wahrscheinlich wird man das Ganze für den Raubmord eines Zufalltäters halten. Aber irgendein gewiefter Polizist könnte was wittern. Zumal du meine Lebensversicherung bald auf den Tisch legst."

„Ja, und?"

Sie spürte kribbelnde Nervosität im Genick.

„Na ja, das wäre dann immerhin ein Motiv, das man dir unterstellen könnte."

„Aber ich bin doch hier. Ich gehe zu den Rolfs. Ich habe ein Alibi wie aus Eisen."

„Du als Täterin scheidest natürlich aus. Aber man wird den Gedanken prüfen, ob du nicht einen anderen beauftragt hast. Jetzt zahlt es sich aus, daß du immer ein braves Frauchen warst“, lachte er. „Stell dir vor, du hättest einen heimlichen Macker und . . .“

„Alfred, so was traust du mir doch nicht . . .!“

„Nein, Schnucki. Ich meine nur: Hättest du einen, wäre für die Polizei alles klar. Dann, so hieße es, wärst du als junge Witwe Nutznießerin meiner Lebensversicherung. Und dein heimlicher Macker hätte mich beseitigt, um später mit dir meine Millionen zu verprassen. Aber so . . .“, er begutachtete seinen Daumen, biß schließlich ein Stück Hornhaut ab und spuckte es hinter sich, „ist keine Gefahr.“

„Bestimmt nicht. Mein Privatleben kann man von vorn bis hinten durchschnüffeln.“

Sie horchte ihrer Stimme nach. Der Klang erstaunte sie: ruhig, fest, gelassen wie immer.

Sehe ich jetzt aus wie eine frisch gekalkte Wand? Meine Hände sind eiskalt. Daß ich daran nicht dachte: Jörg gefährdet alles. Er ahnt nichts. Er . . . Unsinn! Niemand kennt ihn. Niemand hat ihn gesehen. Aber er darf niemals herkommen. Niemals!

„Sorgst du dich, Schnucki?“

Sie lächelte. „So ein bißchen geht's mir doch an die Nerven.“

„Man gewöhnt sich an alles.“

„Was diese Sache betrifft, werden wir es nur einmal machen.“

„Bestimmt. Jetzt essen wir was Ordentliches. Unseren Erfolg wollen wir noch nicht feiern, da bin ich abergläubisch. Aber schließlich müssen wir Abschied nehmen für Wochen – wenn nicht für Monate. Nachher muß ich aufbrechen.“

Eine halbe Stunde später wurde Alfred Wagner vor seiner Villa verabschiedet. Er wußte, daß er sie letztmalig als Eigentümer sah. Er war durch den Garten gegangen, hatte Blumen berührt, Halme vom Rasen gerupft und die Hand ins Wasser des Schwimmbeckens getaucht.

Mit nervöser Ungeduld sah Christine ihm zu.

Jetzt stand sie neben der Garage. Alfreds kleiner Koffer, der offizielle für den kurzen Besuch, lag auf dem Rücksitz.

Der große Koffer, der auch Bart und Perücke enthielt, war im Kofferraum eingeschlossen.

„Hast du den Browning mit?"

„Natürlich."

Aus flachen Augen sah sie ihn an. „Sei vorsichtig!"

Er griff in die Flut ihrer kupferroten Mähne. Seine Finger raschelten darin wie in einem Glasperlen-Vorhang.

„Wünsch mir Glück!"

„Ich spucke dir dreimal über die linke Schulter. Dann darfst du dich nicht mehr umdrehen."

Endlich stieg er ein, setzte sich hinterm Lenkrad zurecht, zog dann doch das Jackett aus, fuhr schließlich ab und hob winkend die Hand – ohne sich umzudrehen.

„Mach deine Sache gut!" murmelte Christine. „Du ahnst nicht, wie nötig ich die Millionen brauche."

In der Küche stellte sie das Geschirr in den Spülautomaten.

Ihr war zum Heulen zumute. Wie sollte sie Jörg erklären, daß er nicht herkommen durfte? Schon jetzt die Karten aufdecken, ihn zum Mitwisser, nein, zum Komplicen machen?

Sie handelte wie in Trance *(halb betäubt)*, als sie ins Terrassenzimmer ging, den Hörer abnahm und seine Nummer wählte.

„Heldt", meldete er sich.

„Hallo, Liebling!"

„Endlich, Christine! Die Ungeduld zerreißt mich."

„Jörg, du kannst nicht herkommen."

„Ich . . . Wie? . . . Was ist denn? Macht doch nichts, Liebling! Wegen der Nachbarn, nicht wahr? Dann treffen wir uns woanders."

Hallo Liebling!

„Es ist wegen der Nachbarn. Ich muß vorsichtig sein. Aber warum fahren wir nicht weg? Und sehen uns, wo es verschwiegen ist. Wir verabreden . . . Ach, du hast keinen Wagen mehr."

„Zum Kotzen, nicht wahr? Aber was soll's! Wozu gibt's einen Autoverleih?"

„Wunderbar! Wo treffen wir uns? Am besten fernab der Stadt."

Er zögerte. „Mach einen Vorschlag!"

„Wir treffen uns am Troggen-See. Kennst du den?"

„Einmal war ich dort."

„Auf dem Parkplatz vor dem Schwimmbad, ja? Der See ist groß und zum Teil umwaldet. Die Rückseite grenzt an Naturschutzgebiet. Da können wir uns verstecken; und höchstens die Mücken wissen, wo wir sind."

Eine Stunde später trafen sie sich am See.

Bis zum Waldweg, der am Wasser entlang führte, ging Christine voran. Jörg folgte. Unter den Bäumen war kaum noch Gefahr, daß sie gesehen wurden. Hand in Hand wanderten sie weiter.

Die lauschigsten Uferplätze waren besetzt; aber diese Gegend kam ohnehin nicht in Frage. Hier wurde man von allen Seiten beobachtet.

„Weiter hinten kenne ich eine Bucht", verhieß Christine. „Nur ein schmaler Pfad durchs Schilf führt hin. Und Büsche schirmen ab."

Sie sahen eine beleibte Frau im weißen Badeanzug. Sie schwamm hinaus, drehte sich auf den Rücken und rief: „Cherry, komm! Cherry, komm zum Frauchen!"

Cherry war ein Kleinpudel im Apricotfell. Winselnd sprang er am Ufer auf und ab, getraute sich aber nicht ins Wasser.

Als er voller Verzweiflung Frauchens Kleider umherwirbelte, schwamm die Dicke schimpfend an Land.

Sie gingen lange. Christine bog ab, fand den Weg. Der Boden war morastig, sie zogen Schuhe und Strümpfe aus. Das Schilf rauschte, wisperte im Sommerwind. Vom See her kam der Geruch von Frische.

„Habe ich zuviel versprochen?“

Stolz deutete sie umher.

„Die Bucht ist ideal“, meinte er. „Es gibt Schatten und Sonne. Man kann nicht einsehen und hört rechtzeitig, wenn jemand kommt.“

„Aber hier stinkt es“, sie witterte in alle Richtungen, „nach toten Fischen.“

„Nach *einem* toten Fisch.“

Mit einem Stock spießte Jörg den fauligen Kadaver auf. „Den trage ich dorthin, wo der Pfad beginnt. Das hält die Leute ab.“

Als er zurückkam, war Christine schon hinausgeschwommen. Sie plantschten lange im Wasser. Dann sonnten sie sich.

„Liebst du mich, Jörg? Ich meine, liebst du mich so sehr, daß nur ich dir wichtig bin, daß du dich meinetwegen über alles andere hinwegsetzen könntest?“

„Worüber muß ich mich hinwegsetzen?“

„Würde es dich erschüttern, wenn du hörst, ich bin mitschuldig an einem Verbrechen? An einem Mord!“

Er lächelte sie an. „Und wenn du die Menschheit ausrottest: Du bleibst meine Christine!“

Sie hob etwas weißen Sand vom Boden und ließ ihn durch die Finger rieseln.

„Alfred ist pleite, Jörg. Darüber hinaus durch Unfähigkeit und Idiotie so verschuldet, daß ihm Haus und Grund nur noch kurze Zeit gehören würden. Heute nacht wird sein Zwillingsbruder, aus der DDR kommend, den Todesstreifen überqueren. Alfred empfängt ihn auf westlichem Boden. Berthold wird sich im Wagen umkleiden. Er kriegt einen von Alfreds Anzügen. Die beiden Dicken gleichen einander wie zwei Eier. Dann erschießt Alfred seinen Bruder, steckt den

Wagen in Brand, arrangiert alles ein bißchen auf Raubmord mit Zufallstäter, macht sich unkenntlich mit Bart und Perücke und führt zum Gardasee. Er besitzt gefälschte Papiere auf den Namen Weinzierl. An mir wird es sein, den Toten als meinen Mann zu identifizieren. Berthold ist schon sehr lange drüben. Seine Geschichte erzähle ich dir gleich. Niemand wird darauf kommen, daß er der Tote ist. Berthold gilt als in den USA verschollen. Ich breche also an der verbrannten Leiche zusammen. Später kassiere ich von der Versicherung drei Millionen. Ich verkaufe das Grundstück, decke mit dem Erlös Alfreds Schulden, lasse noch angemessene Zeit vergehen, transferiere *(überweise)* schließlich das Geld ins Ausland und setze mich – jedenfalls erwartet das mein Mann – dorthin ab. Mit den Millionen sollen wir dann, wie er sich das vorstellt, irgendwo neu beginnen."

Jörg schlug nach einer Mücke, die sich für seinen Fuß interessierte.

Sein Schweigen dauerte an. Sie wagte nicht, ihm in die Augen zu blicken.

„Ich danke dir, Christine, für das Vertrauen. Du bist so clever, wie ich dich eingeschätzt habe."

„Wie meinst du . . ."

„Daß uns niemand zusammensieht, ist doch nicht nur wegen der Nachbarn? Du erkennst die Gefahr für uns. Du wirst ohnehin in Verdacht kommen. Stellt sich dann noch 'raus, du hast einen Scheich, sind wir schon fast überführt."

Sie nickte. „Du begreifst schnell."

„Heute nacht also. Du brauchst vor allem ein Alibi, und ich . . ."

„Dafür ist gesorgt. Ich bin bei Bekannten."

In allen Einzelheiten erzählte sie, wie es ihr Mann mit ihr abgesprochen hatte.

„Du verurteilst mich nicht, Jörg? Es ist immerhin Mord. Ich könnte ihn verhindern."

Er wischte durch die Luft. Die Geste hieß: Wozu sich rechtfertigen, wozu entschuldigen, wozu sich selbst belügen! Wir sind eben so. Das Geld ist wichtiger.

„Es müßte klappen, Christine. Vorausgesetzt, dieser Berthold kommt durch den Eisernen Vorhang, vorausgesetzt niemand stöbert im Stammbuch der Familie. Du kannst auf jeden Fall behaupten, du hättest von allem nichts gewußt – ich meine, falls es schiefgeht. Glauben wird dir niemand. Aber nachzuweisen ist dir nichts."

Sie lächelte.

„Wir beide, Christine, müssen sehr vorsichtig sein. Ich sage nicht, wir müssen uns aus dem Weg gehen. Denn ob ich das länger als ein paar Tage durchhalte, ist fraglich."

„Wenn wir aufpassen, kann nichts passieren. Ich warte in Ruhe ab, wie sich alles entwickelt. Habe ich erstmal das Geld, ist alles in Ordnung. Dann, ich meine . . . wir könnten . . . man müßte weitersehen."

Er grinste. „Man müßte weitersehen!"

Neckisch bohrte sie den Zeigefinger in seinen Nabel. „Große Ansprüche könnte Alfred Wagner nicht mehr stellen, glaube ich."

„Der Arme kann nicht mal zum Anwalt gehen, um sein Geld von dir zu fordern. Erstens ist er tot, zweitens ist er ein Mörder."

Sie nickte. „Aber wenn er merkt, daß ich nicht mit ihm teilen werde, daß ich nichts ins Ausland transferiere . . ."

„Für dich bedeutet er, wie man so sagt: eine tödliche Gefahr."

„Er schickt mir seine Adresse."

„Gardasee, sagtest du?"

„Und er kennt dich nicht, Jörg. Aber finden dürfte man nichts von ihm. Es sähe doch irgendwie dumm aus, wenn Alfred Wagners Leiche gleich zweimal entdeckt wird. in Bazburg an der Zonengrenze und in Italien am Gardasee."

„Ich glaube, ich werde verhindern, Liebling, daß man seine sterblichen Überreste am oder im Gardasee findet."

„Du bist herrlich“, sie tätschelte seine Wange. „Ich fühle, wir bleiben für immer zusammen. Wir gehen hin, wo uns niemand kennt. Und drei Millionen reichen lange, nicht wahr?“

Er drückte sein Gesicht in ihr Haar. Der Duft ihres Parfums stieg ihm entgegen.

„Christine, warst du mal in dem Apartmenthaus, in dem ich wohne?“

„Ich kenne deine Adresse nicht mal. Wo denn?“

Er nannte sie ihr.

„Nein, nie. Warum fragst du, Jörg?“

„Das erste, was ich von dir bemerkte, war dein Duft. Der Lift roch nach deinem Parfum.“

„Da hatte jemand dasselbe“, lachte sie, „und die gleiche Haut. Ist das nicht lustig! Und durch das Parfum bist du dann im City-Grill auf mich aufmerksam geworden.“

„Nicht nur dadurch!“

Plötzlich hob er lauschend den Kopf.

„Was ist?“ fragte sie.

„Hast du das Rascheln gehört? Hinter uns, im Schilf? Klang irgendwie seltsam – als knicke ein Tier die Halme.“

Er richtete sich auf, schob den Kopf vor und spähte.

Aber kein Blick vermochte den Schilfgürtel zu durchdringen. Er war dicht wie ein Dschungel. Von hier bis zum Waldweg dehnte er sich aus. Mannshoch wuchsen die Pflanzen. Nur die Spitzen bewegten sich im Sommerwind.

„Haben wir laut gesprochen, Christine?“

„Ich weiß nicht. Geschrien haben wir nicht. Meinst du etwa, wir werden belauscht?“

„Nein, nein! Das war wohl ein nistender Vogel. Aber peinlich wäre es schon, wenn jemand mitgehört hätte.“

„Du siehst Gespenster.“ Sie lächelte. „Wir dürfen nicht nervös werden. Wir haben soviel vor, Liebling. Und die drei Millionen warten auf uns.“

„Du hast recht.“

Er ließ sich zurücksinken und schloß die Augen.

Aber die Nervosität tickte in ihm wie eine Zeitbombe.

Nach einer Weile sagte er: „So nett es hier ist – ich wäre dafür, wir putzen die Platte, holen unsere Wagen und fahren noch weiter weg. Ein Stück über Land. Wir essen irgendwo und kehren erst abends zur Stadt zurück. Abends, spätabends oder noch später."

„Das ist unser erster gemeinsamer Ausflug, Jörg!"

Sie stand auf und schlüpfte in ihr buntes Badekleid.

„Christine", er zog sich den Taschenkamm durchs Haar, „deine Aufrichtigkeit gibt dich völlig in meine Hand. Das verdient, daß auch ich alles sage. Du sollst wissen, daß ich in Kürze 400000 Mark zu unserer gemeinsamen Zukunft beisteuern kann. Hast du in der Zeitung gelesen, daß dieser verschollene Junge, dieser Markus Köhler, gesucht wird?"

„Habe ich!" Sie zog ihre Schuhe an.

„Der lebt noch. Er heißt Toni Woretzki. Meine ehemalige Bekannte ist die Freundin einer gewissen Paula Woretzki, Tonis Pflegemutter. Sie . . ."

„Deine ehemalige Bekannte", fiel sie ihm ins Wort. „Aber mit der hast du Schluß gemacht?"

„Habe ich. Mir wird schon übel, wenn ich Margot Cordelius nur sehe. Jedenfalls hat sie ihre Freundin, jene Paula, bestohlen. Es geht um Gegenstände, die beweisen können, daß Toni jener Markus ist: um Babywäsche mit Monogramm und einen goldenen Anhänger. Diese Sachen habe ich . Margot ahnte es, konnte mir aber nicht beweisen, daß ich sie meinerseits beklaut habe. Kannst dir vorstellen, was das Zeug wert ist. Für die Woretzkis hängt davon ab, ob sie das Köhlersche Erbe antreten können oder nicht. Deshalb wird die Frau auf meine Forderung eingehen. Ich verlange 400000 von ihr – für die Sachen. Anonym, natürlich."

„Ich staune, Jörg. Du sitzt ja in vielen Sätteln. Was in der Zeitung stand, habe ich nur flüchtig gelesen. Das mußt du mir ausführlich erzählen." Er tat es.

# 15. Locke im Schilf

Schäwig saß hinter Gittern. In Berlin wurde Charles Keelan, alias Karl Seitz, verhaftet.

Locke und Tom hätten sich sonnen können im hellen Licht dieser Erfolge. Aber faules Rumliegen war nichts, worauf sie abfuhren – vielmehr rollerten sie frühnachmittags hinaus zur Wagner Villa, um vielleicht zu erlauschen, was die Wanze dort sendete. Denn – und das war der Wermutstropfen im Freudenbecher – die Markus Köhler-Sachen blieben nach wie vor unauffindbar.

„Schäwig, diese Ratte, schwört mit allen zehn Fingern, daß er die Sachen nicht hat", Locke rümpfte ihr Näschen, weil sie keine Hand freihatte, um den Käfer abzuwehren, der unter ihrer Hutkrempe schwirrte. „Kann sein, es ist wahr. Kann sein, er lügt. Vielleicht schält sich die Wahrheit endgültig heraus, wenn die Wagners das Thema belabern."

„Daß er damals der Kidnapper war, gibt Schäwig nie zu. Wäre ja auch blöd. Wer haut sich schon selbst in die Pfanne? Also sagt er auch nicht, daß Toni der Köhler-Sohn ist. Hilft nichts, Schatzi. Nach den Klamotten müssen wir suchen."

„Na und? Ist doch spitze. Da geht der Power voll ab. Ich hoffe nur, wir finden auch. Denn stehe ich nicht mehr so tief in seiner Schuld. Denn niiieee werde ich ihm vergessen, daß er Mausi gerettet hat."

Tom lachte. Der Leinenbeutel mit dem Kofferradio hing ihm von der Schulter. Aber die zweite Wanze hatte er nicht dabei, denn sie war zu wertvoll. Wie leicht geht so ein knopfkleiner Winzling verloren. Wanze Nr. zwei lag wieder in Toms Nachttisch.

Im Villenviertel hielten sie in der bewährten, stillen Gasse.

Tom schaltete das Radio ein, auf der richtigen Wellenlänge.

Und diesmal hatten sie Glück.

„Hallo, Liebling", scholl Christines Stimme zu ihnen her.

Dann: „Jörg, du kannst nicht herkommen." Und: „Es ist wegen der Nachbarn . . ."

Sie lauschten. Lockes Wangen glühten. Tom funkelte mit beiden Augen, sowohl grün als auch blau. Jedes Wort war zu verstehen.

„Sie telefoniert", flüsterte Locke. „Jörg! Wer ist Jörg? Kennst du einen Jörg?"

„Pst. Hör dir das an! Sie müssen vorsichtig sein. Sie tun heimlich! Wohl eine Liebschaft, was?"

In diesem Moment sagte Christine: „Wir treffen uns am Troggen-See. Kennst du den?"

Das Pärchen lauschte, bis ein Knackgeräusch verkündete, daß jetzt der Hörer wieder auf dem Rohr lag.

„Wir müüüssen rausfinden", rief Locke, „was da läuft. Christine Wagner und dieser Jörg – da ist doch Trouble im Busch. Vielleicht Komplice und Komplicin, und wir haben bis jetzt an der falschen Stelle nach Öl gebohrt. Aber wenn die zum Troggen-See brettert, verpassen wir den Anschluß. Weil unsere Feuerstühle die Lahmheit voll draufhaben. Jaul! So ein Kack!"

„Wir fahren voraus, Schatzi! Vollen Speed – dann sind wir fast gleichzeitig da. Selbst wenn uns die Käthe und ihr Makker überholen. Merkst du jetzt, wie toll meine Wanze arbeitet? Da könnte sich mancher 'ne Scheibe Eifer abschneiden, wenn er mal auf Null Bock steht. Wir brauchen die zwei!"

„Was?"

„Überleg doch, Schatzi! Um hinter die letzten Geheimnisse zu dringen, müssen wir Christine und ihren Macker belauschen. Die liegen also am Troggen-See – irgendwo in der Botanik rum. Was tun wir? Mit der Schleuder schießen wir Ihnen meine zweite Wanze neben das Knie. Natürlich so, daß sie nichts merken. Dann können wir zelten im saftigen Sommergrün und hören jedes Wort."

Locke startete ihren Roller. „Aber du hast die Wanze zu Hause."

„Der Umweg lohnt sich."

„Für dich. Ich heize zum Troggen-See. Allein, jawohl, fahre ich voraus. Dein Hirsch ist sowieso schneller als mein Kalb."

„Also beim Parkplatz! Echt wichtig ist, daß uns die beiden nicht entwischen. Bussi, Herzi! Bis dann! Und schön vorsichtig, ja!"

Tom preschte in eine Richtung – mit dem Radio im Beutel, Locke bretterte mit Höchstgeschwindigkeit, 28 km/h immerhin, stadtauswärts: Richtung Troggen-See.

★

Sie fuhr und fuhr. Die Sonne lachte ihr zu. Sommerwind rüttelte an ihrem Strohhut. Und als der See in Sicht kam, rauschte Christine Wagners Lancia an Locke vorbei.

Sofort benützte sie ihren Hut als Tarnkappe, senkte den Kopf, um im Schatten der Krempe zumindest unerkannt zu bleiben. Aber die Frau tobte mit bleischwerem Gasfuß durch die Pampa und hatte keinen Blick für den Rückspiegel, geschweige denn für einen rollernden Teenie, von denen ja Dutzende bei dem heutigen Schönwetter auf der Landstraße rumwimmelten.

Der Parkplatz trat über seine Ränder. Überfüllung. Aber Christine fand noch einen Parkspalt für den Wagen.

Aus sicherer Entfernung beobachtete Locke, wie ein Kerl, der sooo übel nicht aussah, auf sie zusprang und ihr das Gesicht abküßte, als schmecke es nach Scampi-Salat – oder Mafia-Torte *(Pizza)*.

Das also war dieser Jörg. Ein untreues Eheweib. Aha! Aber Wagner selbst, der fette Fisch, war ja auch der Abschuß.

Jetzt fragte sich nur, waren die Markus Köhler-Sachen bei Christine versteckt und Wagner beteiligt? Oder steckten Schäwig, Christine und dieser Jörg unter einer Decke?

Locke hatte ihr Hirschkalb zwischen einem Jeep und einem Wohnmobil in den Schatten gestellt. Wo blieb Tom? Zu

welchem See fuhr er? Fand er die Wanze nicht? Oder war seinem Hirsch der Lebenssaft, das Benzin, ausgegangen?

Locke beobachtete, wie Christine sich von ihrem Macker befreite, argwöhnisch umher sah, kurz palaverte und dann flottfußig den Waldweg anstrebte, der den See umgürtet.

Aha! Auf dem Parkplatz ist zur Zeit niemand. Aber dort hinten sind Leute. Und die beiden müssen ja vorsichtig sein.

Ihr Macker folgte ihr. Locke ließ ihnen Vorsprung. Sie blieb auf der Fährte, sah, wie die beiden schließlich Hand in Hand wanderten, die zivilisierten Uferplätze mieden und fernab eine lauschige Bucht ansteuerten.

Schon wollte sie ihnen nach, als der Schönling zurückkam. Locke huschte hinter einen Stamm und beobachtete, wie Jörg einen toten Fisch, den er auf einen Stock gespießt hatte, auf den Pfad warf.

Hat er den mitgebracht – zum Picknicken, überlegte sie. Oder gefunden?

Jörg verschwand hinterm Schilf. Locke kannte die Bucht. Sie wußte, wo sich die beiden jetzt aalten. Nur ein Pfad führte hin. Aber das Schilf war keine Mauer, nur herrlich dicht und von Wasservögeln bevölkert.

Sie zog die Sandalen aus. Hut und Schultertasche ließ sie hinter einem Busch zurück. Auf nackten Füßen watete sie durch das Schilf. Vorsichtig teilte sie die Rohrkolben. Bis zu den Knöcheln stand sie im Wasser. Allerlei Getier wimmelte hier herum, aber das schreckte sie nicht.

Langsam pirschte sie vorwärts, immer auf der Hut.

Dann hörte sie die Stimmen.

Sie sah die beiden nicht. Aber sie verstand jedes Wort.

„Liebst du mich, Jörg?“ fragte Christine gerade. „Ich meine, liebst du mich so sehr, daß nur ich dir wichtig bin, daß du dich meinetwegen über alles andere hinwegsetzen könntest?“

Locke lauschte. Sie konnte nicht glauben, was sie hörte. Ihre Hände wurden eiskalt. Fast blieb ihr das Herz stehen.

Später erlebte sie bange Augenblicke, als sie auf dem glitschigen Grund beinahe ausgerutscht wäre. Sie hielt sich an Schilfrohren fest.

Dieses Rascheln hörte Jörg, aber er entdeckte sie nicht. Und es verschlug Locke den Atem, als er seiner Christine von den Markus-Köhler-Sachen erzählte.

Ich glaub', mein Laubfrosch tanzt Tango. Der! Und von dieser Margot Cordelius hat er die Sachen, die sie ihrerseits der Paula geklaut hat. Da macht der Mond das Licht aus!

Die Infos wollten verarbeitet sein. Locke glaubte, sie träume.

Als das Verbrecher-Paar den Rückweg antrat, sandalte sie in dieselbe Richtung, jetzt wieder mit Strohhut und Tasche.

Wo, zum Geier, blieb Tom?

★

In Toms Zimmer herrschte das totale Chaos. Er suchte wie ein Wilder, fand aber die Wanze nicht.

Nicki kam herein, freute sich, weil sein Herrchen gerade auf allen Vieren über den Teppich kroch, und leckte ihm übers Gesicht. Schweifwedelnd, versteht sich. Und der kräftige Schweif traf das gerahmte Foto, das Locke zeigt und auf dem Nachttisch steht. Es landete auf dem Bett.

Dachte ich's mir doch!

Tom stellte das Bild wieder auf.

Hatte er die Wanze mittags in oder auf den Nachttisch gelegt? War Nicki hier drin gewesen? Hatte er gewedelt?

Die Antwort war: Frage 1 – auf, Frage 2 – ja, Frage 3 – ja.

Also hat er die Wanze getroffen und unabsichtlich in einen Winkel geschleudert! kombinierte *(überlegte)* Tom.

Er suchte, fand sie, saß Augenblicke später auf seinem Hirsch und heizte durch die City zum Troggen-See. Er hatte viel Zeit verloren. Unterwegs mußte er tanken. Verzweiflung, laß nach! Als er schließlich – spät, spät – den See erreichte und wie ein Blöder auf dem Parkplatz umherirrte, war kein bekanntes Gesicht zu sehen. Er entdeckte Christines Lancia und Lockes Roller, neben den er seinen Hirsch stellte.

Die Tussi und ihr Macker sind ab in die Botanik, überlegte er messerscharf, und meine Süße ist ihnen nach. Aber auf welchem Weg? Rechts um den See herum – oder links?

Er entschied sich für rechts, was ein echter Mißgriff war, aber nichts mit Instinktlosigkeit zu tun hatte, sondern wirklich nur Pech war. Er suchte lange, schreckte zahlreiche Liebespaare auf, außerdem Rohrsänger, Stockenten, Teichhühner, Pfeifenten, Krickenten, Bläßhühner und Grauschnabelgänse.

Schließlich kehrte er um und joggte zum Parkplatz zurück.

Der Lancia war verschwunden.

Locke stand bei den Rollern, verschränkte die Arme wie eine Schulleiterin und sah noch so entsetzens-bleich aus, als hätte sie gerade erst Mumps *(Ziegenpeter, Kinderkrankheit)* überstanden.

„Nett, daß du doch noch kommst."

„Ich bin schon lange hier, Schatzi."

„Sie sind weg, brettern auf acht Rädern durch die Pampa, ihr Macker ist nämlich im eigenen Wagen gekommen. Sie machen einen weiten Ausflug. Aber es ist ihr letzter. Denn bis die beiden im Gefängnis Freigänger werden, können wir zig Jahre abhaken. Verbrecher sind's, Tom. Sie planen Mord. Sie wissen von einem Mord, der heute nacht stattfindet. Und – halt dich fest! – dieser Jörg hat die Markus Köhler-Sachen. Christine wußte nichts davon, hatte null Ahnung vom Fall Köhler! Du faßt es nicht, was ich erlauscht habe!"

Sie berichtete. Tom schnappte nach Luft.

Er staunte noch, als sie zur Stadt zurückrollerten – so schnell wie möglich.

Ihr erster Weg führte ins Polizei-Präsidium. Der Kripo-Kommissar, dem sie alles berichteten, machte Augen wie Untertassen.

„Bazburg!" betonte Locke. „An der Zonengrenze bei Bazburg will Alfred Wagner seinen Zwillingsbruder Berthold, der bei Nacht und Nebel oder auch Mondschein über die Grenze kommt, ermorden, damit Witwe Wagner die drei Millionen kassieren kann. Der Mörder fährt einen dicken Mercedes mit hiesigem Kennzeichen. Die Kfz-Nummer ist . . . Tom, du weißt sie."

Tom sagte, was er wußte.

Locke erzählte alles dreimal.

„Und später soll Wagner von diesem Jörg, dessen Nachnamen ihr nicht wißt, am Gardasee beseitigt werden?" fragte der Kommissar zum fünften Mal.

„So ist es."

„Bazburg? Soso! Aber der Mord wird nicht stattfinden." Der Kommissar riß den Hörer vom Telefon. „Geben Sie mir die Kollegen in Bazburg!" schrie er die Telefonistin an.

„Hier ist empty *(alles gelaufen)*", flüsterte Locke. „Machen wir 'nen Abflug?"

Sie türmten, bevor der Kommissar zum sechsten Mal fragte. Ihre Pflicht als Staatsbürger war erfüllt.

„Und jetzt ins Pressehaus", verkündete Locke. „Dein zukünftiger Stiefvater, beziehungsweise mein leiblicher Papi, fällt lang auf den Rücken, wenn wir die neuesten Infos rauslassen."

„Eigentlich müßte er uns bezahlen", lachte Tom. „Sind doch enorme Neuigkeiten!"

„Du hast wohl überhaupt keinen Familiensinn, du Knete-Geier *(Geldgieriger)*!"

★

Gunters Gesichtsfarbe hatte sich normalisiert, als er den Saab vor Margot Cordelius' Villa parkte. Er war langsam gefahren, damit Locke und Tom mit ihren Fahrzeugen Schritt, beziehungsweise Rad halten konnten.

„So, Kinder! Draußen bei den Wagners ist die Polizei.

Längst! Wenn die Frau zurückkommt, wird sie verhaftet. Wir müssen jetzt von der Cordelius erfahren, wie dieser Jörg mit Nachnamen heißt und wo der Kerl wohnt."

Er klingelte am schmiedeeisernen Tor.

Eine Frauenstimme fragte durch die Gegensprechanlage, wer da sei. Gunter nannte seinen Namen, aber nicht sein Anliegen, und fügte hinzu, daß er leitender Redakteur beim TAGBLATT sei. Margot Cordelius drückte sofort auf den Summer. Offenbar glaubte sie, die Presse rücke an, um ihr ein Interview abzuschmeicheln. Vielleicht weil sie als Golf-Club-Vorstands-Mitglied einen 18-Löcher-Platz gefordert hatte – und entsprechende Zuschüsse seitens der Landesregierung.

Sie empfing die drei an der Tür, hob – wegen Gunters Begleitung – eine ausrasierte Braue, dehnte aber das Erstaunen nicht aus, sondern lächelte wie eine Spinne, die einen Fliegenschwarm beobachtet, im Anflug auf ihr Netz.

Eine widerwärtige Sumpfralle, dachte Locke.

„Ist das 'ne Else", ließ sich Tom vernehmen. „Hoffentlich bleibt mein Frühstück unten."

Mit eisiger Miene musterte Gunter die Frau.

„Frau Cordelius? Aha! Es geht darum: Wir wissen, daß Sie Ihrer Freundin Paula Woretzki jene Sachen gestohlen haben, die Paulas Sohn Toni gehören und ihn als den Millionenerben Markus Köhler legitimieren *(ausweisen)*. Aber die Babywäsche und der goldene Anhänger sind nicht mehr in Ihrem Besitz. Sie wurden auch Ihnen gestohlen. Und zwar von Ihrem ehemaligen Bekannten, einem gewissen Jörg. Das alles steht zweifelsfrei fest, und die Polizei ist informiert. Paula Woretzki wird entscheiden, ob sie Strafanzeige gegen Sie stellt oder nicht. Wir wollen jetzt wissen: Wie heißt dieser Jörg mit Nachnamen und wo wohnt er?"

Sie schien zu versteinern. Unter der Puderschicht taten sich Risse auf, als zerfalle das Gesicht.

Sekunden vergingen in eisiger Stille.

Drei Augenpaare sahen die Frau an. Mit Verachtung und Abscheu.

„Jörg Heldt", ihre Stimme war kaum zu vernehmen. „Berlitzer Straße 13."

Gunter nickte kurz und drehte sich um.

Die drei verließen das Haus.

★

In Begleitung zweier Polizisten fuhren Gunter, Locke und Tom zu Jörg Heldts Adresse. Der Kerl war nicht zu Hause. Aber die Polizisten hatten einen Durchsuchungsbefehl. Der Hausmeister öffnete das Apartment.

Sie suchten. Locke hatte lediglich gehört, daß die Markus Köhler-Sachen hier versteckt seien. Aber Heldt hatte seiner Tussi nicht erzählt, wo.

Gunter war's, der die Sachen im Eisschrank entdeckte.

Die Polizisten blieben in der Wohnung, um den Ganoven bei seiner Rückkehr zu empfangen.

Die beiden Rehms und Tom holten Dr. Mahrl ab, den Köhlerschen Nachlaßverwalter.

Es war inzwischen Abend geworden, Büroschluß längst vorbei. Paula Woretzki war zu Hause. Toni bohrte *(zielstrebig fahren)* noch in der City rum, weil er zum Volleyball-Verein wollte. Er würde erst später kommen. Das traf sich gut.

Paula brach in Tränen aus, als Gunter ihr die Babywäsche und den Anhänger überreichte. Schluchzend fiel sie allen um den Hals, sogar Dr. Mahrl, einem etwas steifen Rechtsanwalt, der in langen Berufsjahren sein Lächeln verloren hatte. Aber jetzt zuckten ihm die Mundwinkel.

„Ihre Sache steht gut", erklärte er. „Vorhin erreichte mich die Nachricht, daß dieser Karl Seitz, den man in Berlin verhaftet hat, aussagt. Er hat Ihre Geschichte bestätigt, hat gestanden, daß er damals einer der Kidnapper war und sowohl Schäwig als auch Sie dazu gehörten. Alles in allem scheint Ihr . . . ch . . . Pflegesohn Toni tatsächlich der gesuchte

Markus Köhler zu sein. Allerdings muß Toni noch eine Reihe Untersuchungen über sich ergehen lassen. Nein, keine Blutuntersuchungen, was ja nicht mehr möglich ist – wegen des tragischen Endes seiner . . . eh . . . Eltern. Es geht um äußerliche Merkmale. Fachleute werden Vergleiche anstellen. Porträtfotos der Köhlers gibt es in Fülle."

Paula jubelte.

Sie saßen lange beisammen.

Dann kam Toni heim. Die Versammlung verblüffte ihn.

Behutsam, von Gunter und Dr. Mahrl unterstützt, verabreichte Paula ihm die Wahrheit.

Anfangs war Toni wie vom Donner gerührt. Aber dann faßte er sich schnell.

„Ich erbe also Millionen", meinte er. „Na, schön! Aber das interessiert mich nicht. Deshalb flippe ich nicht weg. Für mich ist nur eins wichtig." Ängstlich sah er Paula an. „Daß du meine Mutter bleibst, Mutter."

Weinend schloß sie ihn in die Arme.

# 16. Nachts an der Grenze

„Extra für dich aufgehoben, Alfred!“

Stolz zeigte Georg Gabert ihm das Etikett der Weinflasche.

„Eine Beerenauslese, ganz was seltenes. Du bist doch Weintrinker?“

Alfred versicherte, er freue sich auf diese Köstlichkeit. Dann sank er im weichen Ledersessel zurück und durchwanderte mit anerkennenden Blicken den Raum.

„Ihr macht euch. Wird immer hübscher hier!“

„Das ist Friedls Geschmack. Sie hat das im Griff.“ Gabert grinste. „Ich unterschreibe nur die Schecks für die Rechnungen.“

Friedl lächelte säuerlich. Sie war es, die das Konto verwaltete. Sie unterschrieb auch die Schecks. Aber sicherlich hätte es Georg gekränkt, das jetzt kundzutun.

Der Steuerberater hatte eingeschenkt.

Schnaufend richtete er sich auf. Bei jedem Bücken schwoll sein Schädel wie ein blutgefüllter Ballon an. Das kam von den drei Litern Blut, die er ständig zuviel hatte.

„Mit deinem Kreislauf – ist das alles wieder in Ordnung?“ fragte Alfred Wagner, nachdem sie getrunken hatten.

„Bestens. Nur muß ich mich dann und wann anzapfen lassen. Vom Roten Kreuz kriege ich demnächst eine Ehrennadel als eifrigster Blutspender.“ Er grinste. „Und wie geht es deiner Frau?“

„Sie wird immer hübscher.“

Verstohlen äugte Alfred zu Friedl hinüber. Soviel wußte er von Frauen: Es war nie gut, in Gegenwart einer Sumpfralle andere Weiber zu loben, und sei's die eigene Tussi. Aber darauf pfiff er jetzt. Dieses Volk würde er ohnehin nie wiedersehen. Die hatte er in seinen Plan nur eingebaut, damit es einen Grund gab, sich nachts zwischen eins und zwei auf der Straße hinter Bazburg ‚ermorden‘ zu lassen.

„Ist sie nicht ein bißchen jung für dich?“ fragte Friedl.

Extra
für dich
Alfred

Das ärgerte ihn. Sah er vielleicht aus wie ein Greis?

„Endlich mal eine Frau, die mit mir fertig wird."

Gabert hatte Angst vor einer harten Woche und begann von den Vorzügen seiner Friedl zu schwatzen.

Alfred nickte, grinste auch mal zustimmend, hörte aber nicht hin.

Draußen stand sein Wagen. Der Koffer mit Bart, Perücke und Pistole lag drin. Den ‚offiziellen' Koffer hatte er im Hotel deponiert.

Unauffällig sah er zur Uhr. Zwei Stunden noch. Daß er um Himmels willen nicht vergaß, dem Toten alles anzustecken: die Uhr, den Trauring. Und zu sehr durfte die Leiche nicht verkohlen. Eindeutig mußte sie als Alfred Wagner zu erkennen sein.

„Nun hol doch endlich die Dias!" befahl Friedl.

Georg klatschte in die Hände. „Die werden dir gefallen, Alfred."

Georg rollte Leinwand und Projektor ins Zimmer.

Der Kasten mit den Kassetten sah verteufelt nach 800 Dias aus.

Und wenn ich die tödlich beleidige, dachte Alfred, ich breche pünktlich auf.

Er ließ Spanien, Jugoslawien, Italien, Sizilien und Tunesien über sich ergehen. Drei- oder viermal war auch Georg im Bild. Ansonsten verzierte Friedls Zitronenlächeln die Touristen-Motive.

Als es Viertel nach elf war, erklärte Alfred, er müsse gleich aufbrechen.

„Zehn Minuten noch. Wenn du schon mal hier bist, lassen wir dich nicht so rasch gehen."

Damit hatte Alfred gerechnet.

„Um 23.45 Uhr erklärte er, es sei jetzt wirklich an der Zeit.

„Aber die Flasche", es war die vierte, „ist noch halb voll." Gabert schwatzte weiter.

Alfred horchte in sich hinein. Sie hatten viel Wein getrunken. Jetzt summte das Blut in den Ohren, und er spürte einlullende Müdigkeit.

Es war schwerer Wein gewesen. Die Wirkung kam plötzlich. Er fühlte sich betrunken.

„Jetzt muß ich los."

Er stand auf. Seine Geste unterbrach Gabert mitten im Wort.

„Wirklich?"

Ihr verdammten Idioten!

Fast überstürzt verabschiedete er sich von Friedl. Georg brachte ihn zur Tür.

Sie lachten, klopften einander auf die Schulter und versicherten, es sei ein großartiger Abend gewesen.

„Unvergeßlich! Wenn ihr in unsere Gegend kommt, will ich euch sehen, klar?"

„Ehrensache. Horch mal, wie die Grillen konzertieren *(ein Konzert geben)*."

Gabert sagte tatsächlich ‚konzertieren'.

„Da könnte ich bei geöffnetem Fenster nicht schlafen. Aber sonst ein schönes Fleckchen Erde hier, wirklich!"

„Gute Heimfahrt, Alfred."

Aus dem Wagen winkte er noch mal, dann rollte er durch den schlafenden Ort zur Bundesstraße.

Die Nacht war mondlos und dunkel. Lauer Wind strich über dunkle Tannen und Bergwiesen. Aus den Tälern drang kühle Luft. Nur wenige Wagen waren unterwegs. Alfred fuhr bis zum Bazburger Wasserfall.

Sorgsam trocknete er sich die schwitzenden Hände am Taschentuch ab. Unsinnigerweise schaltete er Motor und Scheinwerfer aus, als er den Koffer öffnete und den Browning herausnahm.

Die Waffe war geölt, geladen. Er roch das Ballistol *(Waffenöl)* und lud durch. Gesichert schob er sie seitlich in den Gürtel.

Nein, es konnte nicht klappen. Jetzt spürte er's. Es mußte

schiefgehen. Im letzten Moment würden ihm die Nerven versagen. Nicht, daß der Mord ihn schreckte oder weil das Opfer sein Bruder war. Nur Nerven brauchte man dazu, Nerven wie Stricke.

Er kurbelte das Fenster auf. Er hörte den Wasserfall. Die Nacht war voller Stimmen, ein Wispern und Raunen in jedem Baum, in jedem Busch.

Wenn ich kneife . . . Was soll ich mit ihm anfangen? Meine Zukunft . . . Das Geld brauche ich doch! Vor allem für . . .

Der Gedanke an Christine gab den Ausschlag. Er überwand die Panik.

Langsam fuhr er weiter. Es war noch lange nicht eins.

Sein Wagen erklomm den Berg. Auf der Hochebene wurde der Wind stärker, lauer Wind, Sommerwind.

Die Stelle, die sie gewählt hatten, lag zwischen dunklen Tannen. Jenseits des Todesstreifens der Zonengrenze reckte ein Bergkegel sein windumtostes Haupt in den Nachthimmel.

Alfred lenkte den Wagen in einen Waldweg.

Als der Motor erstarb, war die Stille vollkommen.

Einen Moment wartete er, bis die Augen sich an die Dunkelheit gewöhnten.

Seine Uhr zeigte zwölf Minuten vor eins.

Durch die Tannen schnitt der Weg zum sogenannten Dreieck. Aus der Richtung würde Berthold kommen, falls er es schaffte.

Alfred setzte sich ins Gras. In der Nähe flog ein Nachtvogel auf. Die Stille bedrückte.

War der Platz gut gewählt? Zu nahe an der Straße? Gingen westdeutsche Grenzbeamte heute nacht Streife? Und wenn sich hier ein Liebespaar 'rumdrückte?

Nochmals überprüfte er den Plan.

Was ihm nachher bevorstand, war beschwerlicher Fußmarsch quer durch den Wald. Seinen Koffer nahm er mit, klar. Perücke und Bart würde er von jetzt an benützen.

Um halb zwei wurde er unruhig.

Die Nacht war still, die Straße wie ausgestorben.

Um zwei gingen ihm die Nerven durch. Er knetete die Finger und lief aufgeregt hin und her.

Gegen 2.15 Uhr brach irgendwo ein Zweig, dann näherten sich Schritte.

Gedämpft drang die Stimme durchs Dunkel: „Alfred?"

Jetzt war es soweit. Es gab kein Zurück.

„Berthold."

„Ich habe es geschafft." Die Stimme jubelte. „Geschafft! Kein Aas merkte was. Auf den richtigen Tip kommt es an, auf die richtigen Beziehungen! Dann läßt sich noch immer was machen." Er kam heran.

Alfred schob die Pistole im Gürtel weit nach hinten.

Falls sie sich umarmten, durfte Berthold nichts merken.

Für einen Moment wurde ihm schlecht.

„Berthold, Mensch, freue ich mich!"

Er ging seinem Bruder entgegen.

★

Es war spät in der Nacht, als Paula und Toni ihre Gäste, die ihnen die Freudenbotschaft gebracht hatten, verabschiedeten.

Tom küßte Locke auf die Wange und rollerte heimwärts.

Dr. Mahrl stieg in seinen Wagen.

Gunter stellte Lockes Roller in den Kofferraum. Der ließ sich jetzt nicht mehr schließen. Aber der Roller sollte mit. Morgen früh brauchte sie ihn. Um selbst noch zu fahren, dazu war sie zu müde. Sie gähnte unentwegt.

Auf dem Heimweg unterhielten sie sich.

„Ich finde es nicht richtig von Paula", meinte Locke, „daß sie auf Anzeige verzichten will. Wie hat sie gesagt?"

„Sie, Paula nämlich, wollte es nicht glauben. Aber nun habe sich erwiesen, daß die Cordelius eine böse, reiche Frau ist. Was sie getan hat, werde sich rumsprechen. Damit sei sie genug gestraft."

„Ist viel zu edel gedacht. Daß Toni die Cordelius anspukken will, ist schon besser. Aber auch noch nicht hart genug. Ich kann sie nicht leiden, diese Kuh. Was meinst du? Ob es Paula gelingt, Toni als Adoptivsohn zu bekommen?"

„Ich hoffe es. Die beiden verstehen sich großartig. Zusammen bleiben sie auf jeden Fall."

Sie hielt sich beide Hände vor den Mund. Eine Hand hätte nicht genügt, um das Gähnen zu verstecken.

„Müde?"

„Und wie!"

„Ihr beide habt auch was geleistet. Eigentlich verdanken Paula und Toni das ganze Glück euch."

„Hoffentlich wird's ein Glück, Papi. Es ist ja nur Geld. Viel Geld. Mit Glück, das weiß ich von dir, hat das wenig zu tun."

„Die Rehms und die Conradis", lachte er, „brauchen jedenfalls keine Millionen, um sich bärig zu verstehen."

„Das kannst du laut sagen."

Während die beiden also heimwärts rollten, hatte Tom sich zu einem Umweg entschlossen.

Plötzlich war ihm eingefallen, daß sie alle seit Stunden nichts gehört hatten über das Verbrecher-Paar Heldt/Wagner. Saßen die beiden schon im Knast?

Berthold
Mensch, freue
ich mich

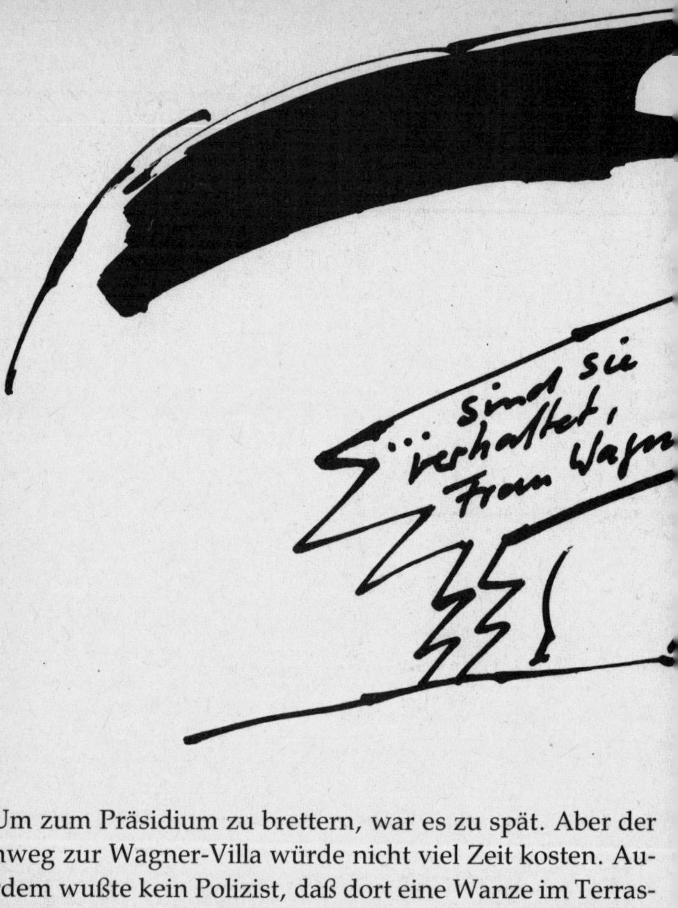


Um zum Präsidium zu brettern, war es zu spät. Aber der Umweg zur Wagner-Villa würde nicht viel Zeit kosten. Außerdem wußte kein Polizist, daß dort eine Wanze im Terrassenzimmer hing. Die mußte weg. Sonst würde sie abhören und abhören und abhören . . .

Tom grinste. An der nächsten Kreuzung bog er ab.

★

Etwa zur selben Zeit kehrten Jörg Heldt und Christine Wagner zurück. Sie hatten einen endlosen und – wie sie meinten – tollen Tag verbracht.

Um niemandem aufzufallen, verabschiedeten sie sich außerhalb der Stadt. Dann fuhr Christine mit ihrem Wagen voran. Jörg folgte ihr zwar, hielt sich aber zurück. Ihm genügte es, daß er ihre Rücklichter sah.

Eskortieren *(geleiten)* wollte er sie allerdings bis vor die Tür.

Jetzt sah er, wie sie weit vorn in die Garage fuhr. Er hielt, schaltete Motor und Scheinwerfer aus und ließ die Stille der Nacht auf sich wirken.

Christine hob winkend die Hand und ging dann ins Haus. Grinsend steckte er sich eine Zigarette an. Er warf das Zündholz in den Ascher und drückte auf die Radiotaste. Musik sollte ihn auf der Heimfahrt begleiten.

Aber nicht Musik erklang, sondern eine harsche Männerstimme.

„. . . sind Sie verhaftet. Frau Wagner. Und seien Sie vernünftig. Ihr Spiel ist aus. Wir wissen alles über Sie und den Mordplan. Ihr Mann will an der Zonengrenze bei Bazburg seinen Bruder Berthold töten, um dessen Leiche für einen Versicherungsbetrug zu benutzen, an dem Sie beteiligt sind. Uns ist auch bekannt, daß Ihr Liebhaber – ein gewisser Jörg Heldt – später Ihren Mann umbringen soll. Wo ist Heldt jetzt? Auf dem Heimweg? Nun, unsere Kollegen erwarten ihn in seiner Wohnung."

Christine schluchzte.

Jörg glaubte, er träume. Er ballte die Fäuste, daß sich die Nägel in seine Handfläche gruben.

Was war los? Wie konnte das sein? Wieso waren sie aufgeflogen? Warum wurde das im Radio gesendet?

Schreck machte ihn benommen. Aber die Benommenheit wich. Ihm wurde klar, daß es für diese Übertragung eine technische Erklärung gab.

Dann sah er, wie ein Motorrollerfahrer vor der Villa hielt. Ein kräftiger, blonder Typ von 16 oder 17 Jahren ging zum Haus und klingelte.

Tom wurde eingelassen.

Jörg Heldt hörte auch mit, als Tom sich den Beamten vorstellte, für Christine kein Wort übrig hatte, aber amüsiert kundtat, daß an der Übergardine eine Wanze, ein Abhörgerät, hänge.

„Die haben wir durch den Fensterspalt hereingeschossen", erklärte er. „Weil wir dachten, daß die Markus Köhler-Sachen hier wären. Hatten wir doch anfangs den Schäwig im Verdacht. Und sie", das *sie* klang geringschätzig, „ist immerhin seine Schwester. Die Sachen wurden übrigens in Heldts Apartment gefunden. Na, der wird sich wundern. Ach, was

POLIZEI!

ich noch fragen wollte: Wie sieht es eigentlich in Bazburg aus? Ist Wagner schon verhaftet?"

★

Berthold Wagners Wiedersehensfreude war echt.

Sein Bruder, der ihn ermorden wollte, spielte gekonnt.

Sie hatten geredet. Berthold zog sich jetzt um und schlüpfte in einen von Alfreds Anzügen.

Damit war es soweit.

Alfred Wagner griff zu Pistole.

In derselben Sekunde flammten Scheinwerfer auf. Das grelle Licht kam von allen Seiten. Es blendete ihn, tauchte den Wagen und Berthold in Helligkeit.

Entsetzt riß der verhinderte Mörder die Hände vors Gesicht. Mit der Pistole schlug er sich versehentlich die Braue auf.

„Polizei!" tönte eine Stimme durchs Megaphon. „Lassen Sie die Waffe fallen. Alfred Wagner. Sie sind umstellt."

Er gehorchte. Dann begann er zu zittern. Seine Knie versagten den Dienst.

Berthold begriff nicht, was vorging. Aber wenig später wurde ihm erklärt, welchen entsetzlichen Plan sein Bruder verfolgt hatte.

# 17. Sein letzter Coup

Am Mittwochvormittag wurden Locke und Tom zur Kripo ins Präsidium bestellt. Es gab Protokolle, die sie unterschreiben mußten. Ergänzungen waren erforderlich, und ein hoher Beamter – ihnen blieb unklar, welchen Rang er bekleidete – schüttelte ihnen die Hand und drückte mit vielen Worten seine Anerkennung aus.

Das Pärchen konnte zufrieden sein.

In Untersuchungshaft befanden sich: Alfons Schäwig, Karl Seitz, Christine und Alfred Wagner, und auch Margot Cordelius hatte mit Schwierigkeiten zu rechnen.

„Das ist alles euer Verdienst“, sagte der Kommissar. „Berthold Wagner verdankt euch sein Leben. Die Versicherungsgesellschaft spart drei Millionen. Und da alles anders gekommen ist, fällt auch der zweite – geplante – Mord unter den Tisch. Jörg Heldt wird Alfred Wagner nicht umbringen. Übrigens ist Heldt der einzige, der in unserer Sammlung noch fehlt. Vermutlich hat er Lunte gerochen, oder er bemerkte, daß die Wagner in ihrem Haus verhaftet wurde. Jedenfalls ist er in seinem Apartment nicht aufgetaucht. Aber wir sind zuversichtlich, was diesen Kerl betrifft. Er verfügt über keinerlei Mittel. Es fanden sich zwar 1700 Mark in seiner Wohnung, aber an die kann er nicht ran. Und was er auf dem Konto hat, ist gesperrt.“

„Sie meinen, ohne Geld kommt er nicht weit?“ fragte Locke.

„Ein auffälliger Typ wie er hat es schwer. Leider wissen wir zu wenig über ihn. Möglicherweise versucht er, irgendwie zu Geld zu kommen.“

„Wie?“ fragte Tom.

„Hm. Vielleicht durch ein Verbrechen. . .“

Er sprach nicht weiter, weil sein Telefon klingelte.

Er horchte, deckte dann eine Hand über die Muschel und sah die beiden an.

„Er wurde gesehen. Eine Streifenwagen-Besatzung meint, es wäre Heldt. Aber er ist untergetaucht. Es war bei der Laubengasse, in der Nähe vom Grand-Hotel."

„Schatzi!" sagte Tom leise. „Du weißt, wie er aussieht. Nichts wie hin in die Gegend! Vielleicht begegnen wir ihm."

★

Niemand erkannte Jörg Heldt. Zwar war noch kein Vierteljahr vergangen, seit er hier im Grand-Hotel für eine Nacht logiert hatte. Aber heute sah er nicht aus wie neulich.

Mit seinem Geld hatte er besorgt, was er zum Maskieren benötigte. Seine Lage war verzweifelt. Er konnte weder zu seiner Wohnung, noch sich an irgendwen wenden. Nur eins stand fest: Erwischen durfte die Polizei ihn nicht. Daß er Paula Woretzki erpreßt hatte, stand fest – auch, daß er zusammen mit Christine deren Mann aus dem Weg räumen wollte. Das reichte, um für Jahre hinter Gittern zu verschwinden.

Er betrat das Grand-Hotel und schlenderte an der Rezeption vorbei.

Der Schlüssel von Zimmer 617 lag in seinem Fach und daneben ein Brief. Also war das Zimmer belegt.

Unter dem angeklebten Bart zuckten Jörgs Mundwinkel. Eine Blondine, die das Lächeln auf sich bezog, lächelte zurück. Er gefiel. Seine Garderobe war gepflegt. Falscher Bart und Lockenperücke kleideten ihn. Die Pertini-Brille vergeistigte sein Gesicht.

Er trat in den Lift. Im sechsten Stock stieg er aus. Leise klopfte er an die Tür von 617.

Hier hatte er damals übernachtet und bei seiner Abreise den Schlüssel behalten.

Kein Hotel wechselt deshalb ein Schloß aus, und wer als Einschleichdieb durch die Lande reist, hat es leicht mit dieser Masche.

Sein Klopfen blieb unbeantwortet. Er schloß auf und

huschte in den Vorraum.

Rechts das schicke Bad, links Ablage und Einbauschrank. Die nächste Tür stand offen.

Das Zimmer war groß und etwas altmodisch eingerichtet: mit einem Doppelbett auf hohen Füßen und – an der Innenwand – einem Ankleidespiegel, der bis zur Scheuerleiste hinabreichte.

Er schloß sich ein und öffnete den Kleiderschrank. Nur Herrengarderobe. Er fluchte. Was sich bei einzelreisenden Männern erbeuten läßt, lohnt kaum die Mühe.

*Konrad von Plessen, Bad Wiesentau, Bischofsweg 11,* las er auf dem Kofferanhänger.

In diesem Moment hörte er das Geräusch. Im Schloß stocherte ein Schlüssel.

Jörg erstarrte für eine Sekunde. Dann warf er sich hinter das Bett.

Die Tür wurde geöffnet.

Er robbte seitwärts, zwängte sich unter den Bettkasten und atmete flach. Sein Brustkorb hätte mehr Platz gebraucht. Immerhin lag er jetzt darunter.

Unregelmäßige Schritte näherten sich. Im gleichen Rhythmus wurde ein Krückstock aufgesetzt. Plessen war behindert. Offenbar ein steifes Knie.

Jörg sah Nadelstreifen-Hosenbeine, Stiefeletten und – sich selbst.

Der Ankleidespiegel! Verdammt! Er hing so, daß er das Doppelbett spiegelte – und den Freiraum darunter. Wenn Plessen . . .

Dann schlage ich ihn nieder und türme, beschloß er. Der Krüppel hält mich nicht auf.

Aber Plessen bemerkte nichts. Er hantierte am Schreibtisch, lief hin und her und öffnete das Fenster. Straßenlärm brandete herein.

Plessen setzte sich aufs Bett – drüben, wo auf dem Nachttisch das Telefon stand – und wählte.

„Margret, Liebling", hörte Jörg eine angenehme Stimme. „Ja, vor einer Stunde bin ich angekommen. Alles klar? Die Beinhorns sehe ich erst morgen. Wie? Gut, mein Schatz! Ich rufe dann gegen elf nochmal an. Paß auf dich auf. Küßchen!"

Er drückte auf die Gabel und wählte abermals. Diesmal dauerte es länger. Daß sich der Anrufer meldete, konnte Jörg nicht hören. Zu laut lärmte die Straße unten.

„Henschel?" fragte Plessen gedämpft. „Ich bin's. Also, es ist soweit. Eben habe ich mit meiner Alten gesprochen. Sie ist heute abend allein im Haus. Sie wissen, was Sie zu tun haben. Ab halb acht bin ich hier im Grillroom. Mit Geschäftsfreunden. Das dehne ich aus bis zehn. Zwischen acht und neun muß es passieren. Dann kann keiner an meinem Alibi rütteln. Sie gehen durch die Hintertür. Und noch eins. Sie soll nicht leiden, die Alte. Wie? Ja, meinetwegen. Ende."

Er legte auf, erhob sich, nahm seinen Krückstock und humpelte hinaus.

Jörg hörte, wie er von außen abschloß, und rutschte unter dem Bett hervor.

Er war in Schweiß gebadet und konnte noch nicht fassen, was er erlauscht hatte.

Im Spiegel grinste er sich an. Dann klatschte er seine Faust in die offene Hand. So ein Glück! dachte er. Den Kerl nehme ich aus. Von dem kriege ich, was ich brauche, um mich ins Ausland abzusetzen.

★

Die Tagesbar in der Halle war umlagert. Plessen hatte keinen Platz mehr gefunden und saß etwas abseits an einem Tischchen, allein.

Jörg entdeckte ihn sofort. Über das Gesicht wunderte er sich. Plessen, ein etwa 40jähriger Managertyp, wirkte sympathisch.

Er blickte auf, als Jörg sich auf dem zweiten Stuhl niederließ. Eine Unmutsfalte kerbte sich in die Stirn.

„Sie haben Nerven, Plessen!" Jörg grinste. „Sogar der Whisky schmeckt Ihnen, während Henschel das Messer wetzt. Wie soll er Ihre Alte denn umbringen? Erwürgen? Erschlagen? Anläßlich eines Einbruchs, wie? Aber Ihr Alibi ist ja gesichert."

Plessens Miene erstarrte. „Wie bitte? Ich verstehe nicht. Wovon reden Sie? Wer sind Sie überhaupt?"

Jörg beugte sich vor. „Ich bin einer, der alles weiß. Jedenfalls über Sie. Sie haben einen Killer beauftragt, Ihre Frau umzubringen. Mich interessiert nicht, weshalb. Ich bin auch nicht der Schutzengel Ihrer Alten. Sie soll draufgehen, meinetwegen. Aber mein Schweigen wird Sie eine Kleinigkeit kosten."

„Woher . . . wissen . . . Sie?" würgte Plessen hervor. „Sie können nichts . . ."

Er stockte. Ein Mann trat an den Tisch. Er war ein schmächtiger Typ. Plessens Geschäftsfreund, dachte Jörg.

Der Mann senkte das Kinn.

„Herr von Plessen?"

Als der nickte, wies ein knotiger Finger auf Jörg. „Ist er das?"

„Das ist er", Plessen lächelte. „Eben hat er versucht, mich zu erpressen. Ganz wie ich's voraussah. Sie sind leicht auszurechnen, diese Typen. Wahrscheinlich ist er ein gesuchter Hoteldieb."

Wie gelähmt glotzte Jörg auf die Polizeimarke, die der Mann ihm hinhielt.

„Als ich ihn unter dem Bett entdeckte, hätte ich beinahe die Nerven verloren", berichtete Plessen. „Ihn überwältigen? Dazu bin ich leider nicht in der Lage. Ebenso wenig konnte ich verhindern, daß er flieht. Also habe ich ihn mit meiner Komödie geködert. Ich wußte, er würde versuchen, mich auszunehmen."

Zu Jörg sagte er: „Ich bin unverheiratet. Es gibt keine Margret. Auch keinen Killer namens Henschel. Und das Fenster oben habe ich nur geöffnet, damit du nicht merkst, daß ich mit der Zeitansage spreche."

Jörg starrte ihn an, dann den Kripo-Beamten. War der allein gekommen? Oder ein zweiter in der Nähe? Draußen? Jetzt die Hände ausstrecken und sich Handschellen anlegen lassen? Nie!

Wahnsinn! dachte er. Ich fliege auf wegen dieser Sache. Wenn sie mir auf dem Präsidium die Maske runterzupfen, merken sie, wen sie erwischt haben – und klatschen in die Hände! Also doch kein Glückstag! Aber noch . . .

Er ließ die Schultern hängen und senkte den Kopf. Ich gebe auf! hieß das.

Im selben Moment schnellte er hoch. Krachend landete seine Faust am Kinnwinkel des Kripo-Beamten. Ein Volltreffer!

Der schmächtige Typ wurde von den Füßen gefegt, als hätte ein Weltmeister zugeschlagen. Er flog gegen die Bar, riß zwei Männer vom Hocker und mit sich zu Boden. Gläser klirrten. Nach einer Sekunde der Stille schrie eine Frau wie am Spieß. Männer brüllten. Die drei wälzten sich am Boden, als führten sie einen Ringkampf vor. Und Jörg genügte die Verwirrung.

Im Vorbeirennen klatschte er Plessen die Faust ins Gesicht, was dem listigen Typ zwei Zähne kostete.

Jörg spurtete durch die Halle, rempelte eine Dame, schoß an der Rezeption vorbei und wirbelte durch die Drehtür, daß der uniformierte Türsteher nicht mal Zeit fand, seine Trinkgeld-Hand auszustrecken.

Er hetzte an der Hotelfassade entlang. Eine Gasse nahm ihn auf.

Niemand war in der Nähe, die Flucht geglückt. Er atmete tief. Aber das vertrieb nicht die Wut, die sich in ihm ballte und wie ein Feuer wuchs, das ständig neue Nahrung findet.

Er riß sich den Bart ab und die Lockenperücke vom Kopf und warf alles, samt Brille, in einen Abfallkorb. Außerdem

zog er die Jacke aus. Er wendete sie und hängte sie über den Arm.

Jetzt sah er nicht mehr wie der aus, den die Augenzeugen beschreiben würden. Ohne auffällige Hast ging er weiter.

„Herr Heldt?" fragte eine helle Mädchenstimme hinter ihm.

Er zuckte zusammen.

Das hat nichts zu bedeuten, dachte er im selben Moment. Viele kennen mich.

Er drehte sich um.

Das hübsche Mädchen lächelte kühl. Sie trug eine großen Strohhut. Langes, dunkles Haar fiel über die Schultern.

Er kannte sie nicht.

„So sehe ich Sie mal aus der Nähe“, lächelte sie. „Gestern am Troggen-See war ich zu weit entfernt. Aber als ich dann im Schilf raschelte, da hätten Sie mich beinahe entdeckt.“

Blitzartig begriff er.

War das die Erklärung? Verdankte er diesem dunkeläugigen Luder die ganze Misere?

Als er sie packen wollte, tauchte aus der Toreinfahrt hinter ihr ein kräftiger, blonder Junge auf. Der Rollerfahrer!

„Nicht doch!“ sagte Tom. „Wenn Sie meine Freundin anrühren, mache ich Kleinholz aus Ihnen. Zahnstocher, Mann! Außerdem ist die Polizei schon zur Stelle.“

Der Streifenwagen bog um die Ecke und hielt neben Jörg.

Er hatte endgültig verspielt.

★

So wäre nur noch zu sagen, daß die Woretzkis tolle Leute blieben – trotz ihrer Millionen.

Die kriminellen Typen wurden verurteilt und saßen langjährige Gefängnisstrafen ab.

Berthold Wagner verschwand über Nacht. Wie man später erfuhr, ging er dorthin zurück, woher er gekommen war.

Locke und Tom hatten ihm zwar das Leben gerettet. Aber begegnet sind sie ihm nie.

\- ENDE -

*Liebe Locke-und-Tom-Freunde!*

Ganz schön aufregend, was die beiden erleben, nicht wahr?! Wenn es darum geht, anderen zu helfen, greifen Locke und Tom ein – koste es, was es wolle. Denn Locke ist schon ein tolles Mädchen, und Tom ein prima Kumpel, mit dem man Pferde stehlen kann. Es vergeht kaum ein Tag, an dem bei Tom nicht das Telefon klingelt: „Hallo Tom, hier Locke . . .!" Und was bei diesen Telefonaten ausgeheckt wird, erfahrt Ihr in den spannenden „Locke-und-Tom-Büchern", von denen es noch mehr gibt. Stefan Wolf hat sie geschrieben, den Ihr sicher schon als Autor der TKKG-Bücher kennt, auch einer erregenden PELIKAN-Serie. Gewiß interessieren Euch die anderen „Locke-und-Tom-Bücher" ebenso – mit den vielen lustigen Zeichnungen Eurer Lieblinge! Hier sind sie:

**Hundejäger töten leise**
In der Stadt verschwinden Hunde und Katzen. Täglich werden es mehr. Ganz offensichtlich sind gemeine Tierjäger unterwegs. Das vermutet die Polizei, und auch der Tierschutzverein hat einen Verdacht. Aber noch niemand weiß, was hinter diesen rätselhaften Diebstählen steckt. Werden die armen Tiere zu grausamen Versuchen benutzt, an deren Ende ihr „leiser" Tod steht? Locke und Tom, beide leidenschaftliche Tierfreunde, finden die richtige Spur. Sie führt nicht nur zu einem Tierhändler, dessen Geschäfte schon immer anrüchig waren. In den skrupellosen Handel sind noch ganz andere Leute verwickelt, hinter denen niemand solche Gemeinheiten vermutet. Aber weil Locke und Tom den gequälten Tieren helfen wollen, geben sie nicht auf.

**Terror durch den heißen Draht**
Eine unbekannte Mafia terrorisiert die Stadt. Angesehene Bürger, die jeder kennt, aber auch irgendwelche Nachbarn von nebenan werden nachts angerufen, bedroht oder zu erfundenen Terminen bestellt, wo Gangster sie hinterrücks überfallen. Was wollen die Verbrecher mit ihren „Todesfallen" erreichen? Warum jagen sie einer ganzen Stadt Angst ein? Terrorisieren harmlose Menschen durch den heißen Draht? Die Polizei blickt nicht durch. Locke und Tom wollen helfen, denn auch viele ihrer Freunde sind bedroht. Wieder einmal setzen sie sich den gefährlichsten Abenteuern aus, um rücksichtslosen Gaunern das Handwerk zu legen.

**Giftalarm am Rosenweg**

Beim Spielen am Rosenweg entdecken Kinder buntbemalte Fässer. Weil die Schrift schon unleserlich geworden ist, ahnen sie nicht, daß sie Gift vor sich haben. Die Folge: schleichende Verletzungen und rätselhafte Erkrankungen. Aber die Kinder schweigen, weil sie Angst vor Strafe haben. Ein Rätselraten beginnt – bis die Polizei endlich die Fässer findet und Giftalarm gibt. Noch aber weiß man nicht, wer der verantwortungslose Täter war. Wer hat die Fässer mit dem hochgiftigen Gift leichtfertig vergraben und damit Tausende Menschen in Lebensgefahr gebracht? Locke und Tom finden eine überraschende Lösung . . .

**Die Fußball-Oma darf nicht sterben**

Alle lieben Oma Meyer, weil sie immer fröhlich ist und den Jungs von der Fußballmannschaft hilft. Sie füllt die Vereinskasse auf, feuert begeistert die Spieler an, wäscht die verschwitzten Trikots. Deshalb heißt sie auch Fußball-Oma. Aber in letzter Zeit machen sich nicht nur Locke und Tom Sorgen um Oma Meyer. Irgendetwas bedrückt sie, doch sie will nicht so recht heraus mit der Sprache. Ist es die unglückliche Ehe ihrer Tochter? Hat sie Ärger mit den Burschen von der Konkurrenz-Fußballmannschaft? Oder machen sogenannte „Freunde" ihr Kummer? Als es schließlich zu regelrechten Mordanschlägen auf die liebe alte Dame kommt und eine seltsame „alte Bekannte" erscheint, da nehmen Locke und Tom die Sache in die Hand.

**Flammen um Mitternacht**

Ein nächtlicher Brand in Lockes und Toms Heimatstadt erregt mehr Aufsehen, als das ganze Feuer überhaupt wert ist. Zwar brennt ein Wohnhaus nieder, und das ist schon schlimm genug, aber was Feuerwehr und Polizei dabei feststellen, ist noch viel erschreckender: Aus den Flammen werden 50 Menschen gerettet, wo doch im ganzen Haus höchstens zehn Leute Platz gehabt hätten. Dazu tauchen bei dieser Gelegenheit plötzlich Ausländer auf, die unter jener Adresse gar nicht registriert waren. Was ist hier vorgefallen? Menschenhandel? Illegale Arbeitskräfte? Locke und Tom sind davon überzeugt, daß etwas oberfaul ist. Wie immer, lassen die beiden Unentwegten nicht locker . . .

**Überfall nach Ladenschluß**

Die Mafia geht um. In der Stadt werden italienische Gastwirte von sizilianischen Landsleuten erpreßt. Sie fordern Geld. Schutzgeld, nennen sie das. Der Boß heißt Cordone, aber er hat einen Rivalen, von dem er nichts weiß: Vittorio mit der roten Maske. Er überfällt und plündert auf eigene Rechnung. Wenn die Mafia nicht schnell genug ist, schnappt er sich das „Schutzgeld" selbst. Und dann terrorisiert noch ein Maskierter seine Mitbürger. Er treibt im Schatten der Mafia sein Unwesen: Wilhelm Hartmann. Als er eine Frau überfällt, verliert er seine Maske und wird von Locke erkannt. Seitdem lebt sie gefährlich, denn sie muß damit rechnen, daß der Verbrecher sie als Zeugin beseitigen will. Da begegnet sie Hartmann ganz allein, an einer einsamen Stelle . . .

**Der Mann mit den tausend Gesichtern**

Lockes Vater, der Redakteur Gunter Rehm, ist in Gefahr: Der Sittlichkeitsverbrecher Oswald Pollner, den Gunter vor zwölf Jahren überwältigt und der Polizei ausgeliefert hatte, soll bald aus dem Gefängnis entlassen werden. Jetzt will er Rache nehmen an Gunter und seiner Familie. Pollner war Maskenbildner beim Theater, und deshalb trat er bei seinen Verbrechen in immer neuen Verkleidungen auf. Pollner ist auch nach einem dutzend Jahren hinter Gittern der abgebrühte Gangster-Profi mit den tausend Gesichtern geblieben. Wie werden Gunter, seine Tochter Locke und ihr Freund Tom sich gegen den Verbrecher wehren?

**Aufruhr in der Unterwelt**

Als eine Bande jugendlicher Fahrraddiebe sich darauf verlegt, in Wohnungen einzubrechen, erbeuten sie in einem luxuriösen Appartementhaus einen Koffer mit Geld. Daß es Falschgeld ist, können sie nicht ahnen. Der Wohnungsinhaber, ein berüchtigter Geldhehler, will es „reinwaschen", das heißt, umtauschen in echtes Geld. Das soll der etwas tölpelhafte Fahrer eines Geldtransports besorgen, zuhause in seinem Häuschen. Aber der Falschgeld-Diebstahl durch die Einbrecherbande und ein Überfall zweier Knastbrüder auf den Transportfahrer und seine Frau vereiteln die „Geldwäsche". Nun geht alles drunter und drüber, einer jagt den anderen, und zum Schluß gerät die ganze Unterwelt der Stadt in Aufruhr. Doch das schreckt Locke und Tom nicht im geringsten. Sie mischen fröhlich mit, bis sie über die Fahrraddiebe bis zum Geldhehler den ganzen zweifelhaften Verbrecherclan ausgeräumt haben.